Lyric Jungle

30

目次

じゃんぐるエッセイ　7
菅野 美智子／上田 睦月／廿楽 順治（特別寄稿）／マルコム・シャバスキー／
荒川 純子／ Lyric Festa2022 の記録

Lyric 魂　35
細見 和之／山村 由紀／折口 立仁／マルコム・シャバスキー／秋吉 里実／
川鍋 さく／高菜汁粉／ねまる

Jungle Dream　53
南原 魚人／タニグチ・イジー／荒木 時彦／湊 圭史／矢板 進／藤井 五月／
岡村 知昭

ぷちりり RETURNS　69

Tricky Queen 東京　81
長谷川 忍／加勢 健一／荒川 純子／岩村 美保子／恭仁 涼子／友尾 真魚／
関根 悠介／花巻 まりか

AMALGAM 8　105
露古／太田 昌孝／豊原 清明／尾ヶ崎 整／浜田 睦雄／岡村 知昭／
関根ＤＡＤＡ之悠／前田 珈乱

大阪 REVOLUTION　125
前田 渉／野田 ちひろ／藤原 功一／河上 政也／畑 章夫／高田 文月／
菅野 美智子／よこむつみ

京都 GREEN POEMS　141
まるらおこ／澳羽ねる／前田珈乱／マダムきゃりこ／さざなみ／Ｋ／
大畑 眞壽美／望月 宝／南野 すみれ

FLYING DOG PRESS　161
平居 謙

草原詩社

出版案内 1

前田珈乱『氷点より深く』

天空詩人の新しい展開

今もっとも新しいタイプの詩人 お待たせしました第２弾！

マダムきゃりこ詩集『Rendez-vous』

上品で楽しいMCワールド

熱烈ファン激増中！アナタもマダムの世界に迷え！

絶賛発売中

草原詩社

巻頭言

詩の真正性のために

1

詩についてしばしば考えることがあるが、その中心にはそもそも詩とはなんであるかが分からないとう面倒くさい問題が転がっている。頭で考えてもおそらくは解決は着かないだろう。そんな時私は運動をする。

2

詩は運動で言えば逆立ちである。逆立ちをすれば頭に血が上るという人がいるが私の感覚で言えばそれは違っている。二の腕から肩にかけて血流が速度を増し、喉元から顎にかけてちょうど襟巻を撒いたように熱量が溢れるような感じになる。この時の感じはちょうど詩を作り切った時の感覚によく似ている。小説だとこうはゆかないだろう。だろうというのは私が小説を書かないからだ。論文のように長いものを書き終わった時には、寝台に倒れ込みたいような心持になるから、おそらくは小説であっても同じである。それならば詩とは反対である。詩は書き終わった瞬間に血が滾る。疲れを感じるのではなくて放出するための塊のようなものが体内に宿っていることを知る。

3

詩はまた理念的に言っても逆立ちである。そのための説明は運動で譬えることに比しては極めて容易い。それは逆立ちという運動の体勢やそれに必然する言葉そのものの成り立ちを見ても直ぐに想像できる。すなわち世界をさかさまにみることである。世界を俗世間の目線でみるものが新聞記事や〈社会詩〉と呼ばれる自己満足の駄文形態であるのに対して、逆立ちをする者は普段は見えない事柄に遭遇するのだ。本棚の端っこに置き忘れていた万年筆を偶然に発見したり寝室の入り口の前に蜜柑の皮が干乾びていたりする事はふつうに廊下を歩いても見えない隠された真実である。そんなばかなという人は逆立ちしてみればすぐに分かる。自分の身体の弱っている個所も直ぐに知れる。

4

逆立ちと逆立ち歩きが異なるように、詩を書くことと詩で飯を食う事とは異なっている。関連はあるが異なっている。逆立ちだけに正反対のこともある。逆立ちができない人間に逆立ち歩きができないことは明白である。しかし詩で飯を食っている人間が詩を書けないということは、われわれは日常茶飯的に体験する逆立ちした現象である。詩が売れるうちに、或いは誰かの詩と一緒に金を貰うと言う換金＝監禁を繰り返すうちに精神が違法に働いてゆく。そして最初に夢見たのとは全く異なる方角に進んでしまっていることにある日気づく。だがもはや時は遅しだ。そればかりか大いに組織のようなものにまで推し進めてしまう。ここまで来るともう最初に夢見た場所のことすら遠い記憶の彼方である。

5

逆立ち歩きをするよりも逆立ちそのものによって身体性に悦楽を充満させることが、詩と詩人との真正性を保つ、単純にして唯一の可能性である。

Essay

じゃんぐるエッセイ

ヨアヒム・ネアンダーの谷から
――コロナの時代の復活祭――

菅野 美智子

四年前に『雨の歌 ゲルハルト・ボッセ、その肖像のための十八のデッサン』(アルテスパブリッシング)を上梓して以来、コロナ禍で失いかけていた書く実感を取り戻すべく、発表できる場を求めてやってきました。

その日、ライプツィヒから届いたのは、地球の裏側どころか、遥かかなた、遠く太古の昔まで見晴るかせる覗きからくりでは、と思わせるような不思議で美しい窓だった。

世界中に、新型コロナウィルスによる感染症が蔓延し始めて二年目の、二〇二一年四月四日の復活祭に、ドイツ・ザクセン州の音楽の街から、創意あふれるヴィデオ・メッセージが送られてきた。感染の拡大を防ぐために、人が多く集まる演奏会などの催しが厳しく規制されたコロナ元年を耐えて二年目ともなれば、人びとは生で聴く、空気を震わせ、皮膚に浸透してくるような音楽の現場、多くの人とともに体験する舞台芸術の熱気、映画や美術展に出かけ、人と会って食事をしながら語り交わす幸福な時間など、コロナ前は当たり前だった生きる営みの、その感覚を忘れたかのような暮らしの中で、記憶の薄れた遠い日常を、オアシスを求めるように渇望していた。多くの演奏団体が、一堂に会する演奏会が無理ならせめて、とテレワークで作られた動画で、人びとに何かを伝えようと試行錯誤していた頃だった。

動画を再生してみると、ライプツィヒの懐かしい音楽家たちが、アドヴェント・カレンダーのように小さな窓がいくつもある家の壁のような画面の中から、次々とリレー式に言葉を継いで復活祭のメッセージを伝えると、続いてバッハのコラールが演奏された。トーマス教会合唱団のひとりの少年が、ボーイ・ソプラノの、澄んだ光のような声で先唱するのに続いて、合唱団全体がアカペラで歌い始め、途中からオルガニストも弾き始める。そこへゲヴァントハウス管弦楽団の楽員たち、歌劇場の歌手たちも加わって、トーマスカントールのゴットホルト・シュヴァルツの指揮のもと、輝くハ長調のコラールが歌い上げられる。或る者は、復活祭の色とりどりの卵を吊るした小枝を生けた自宅の居間で、あるいは練習室で、或る者はどこかのスタジオで、また或る者はホールのステージにひとりで、と各自思い思いの場所で演奏しているのだが、音楽が彼らをひとつに結び、バッハを演奏する喜びに満ちた彼らの全身から放たれる熱量が、こちらの胸をも熱くする。コロナ禍の苦しみの中に在っても、わたしたちは、一度きりの今年の春を音楽で寿ぎ、しっかり地に足を付けて前を向こう、と励ます力強いメッセージが伝わってくる。

以前住んでいた街と、その街の音楽文化への郷愁から、私はその動画を何度も繰り返し再生した。このコラールを知っている、自分でもどこかで歌ったことがあるはず、という思いにとらわれ、どのカンタータのコラールなのかを探そうとした。先唱のテクスト、*Lobe den Herren, den mächtigen König der Ehren* を聞き取り、その曲が、ヨハン・セバスティアン・バッハのカンタータ第一三七番〈主を頌めまつれ、力強き栄光の王を〉の終曲のコラールであることはすぐにわかった。するど、数学好きだったバッハの数字へのこだわりが思い起こされ、1、3、7の三つの数字の招きに飛びつくように、わたしは足し算を始めた。これら三つの数字を一桁になるまで足すと2となり、アルファベットを数字で象徴化する古いラテン語の伝統から、2はB、すなわちBACHのイニシャルだ。突然、カレンダーの小さな窓という窓から、幾つもの声がささやき始めるのが聞こえてきた。復活祭の卵たちが隠れているに違いない。「わたしを見つけて」「わたしはここに」という、彼らの謎かけを匂わせるような声に誘われて、その日わたしはバッハの庭で、卵探しの遊びに没頭した。

復活祭のメッセージが、複数の、それもかなりの人数で分割して伝えられるところがすでに怪しくて、実は答えはもう見えていた。

〈音楽が人びとの喜びになるように ― この日々に ― 望んだ形ではないけれど ― それでも心から ― ゲヴァントハウス管弦楽団と ― ライプツィヒ歌劇場 ― そしてトマーナ ― が ― この挨拶を送ります ― お家へ ― 考え、感じ ― そして今、聴いてください ― その場所で ― ちょうど今あなたが居たいところで ― 復活祭おめでとう!〉

予想した通り十四人だ。BACHの四文字の象徴数はそれぞれ2、1、3、8で、すべて足すと14、バッハは生涯この数字にこだわり、作品中にも十四個の音符の連なりを、あたかも自分の署名であるかのように書き込んだりしたことは、音楽好きにはよく知られた話だ。「バッハの街ライプツィヒから挨拶を送ります」という含みを持たせたメッセージや選曲は、何世紀にもわたるこの街の音楽伝統に根ざして活動する彼らの喜びや覚悟、誇りをにじませる。ヴィデオ・メッセージの最後は、「復活祭おめでとう」と今度は文字で祝福の言葉を掲げ、画面の下方には、動画に登場した、ライプツィヒの音楽伝統を担い続ける三つの演奏団体 ―― この街の音楽の三位一体とも言える象徴的な存在 ―― のロゴが出て締めくくられる。僅か二分半程度の短い動画に込められた数々のメッセージには驚くばかりだ。しかも、バッハに対する予備知識などなくても、また視聴者の対象年齢への線引きも全くなく、誰もが純粋に、この壮麗なバッハの音楽を楽しめるように創った、その遊び心が素晴らしい。

そもそもバッハは『復活祭オラトリオ』も書いているのに、なぜ復活祭に敢えてこのカンタータを選んだのだろう。この一三七番のカンタータは、教会歴における三位一体後の第十二の主日、つまり復活祭から五十日目の聖霊降臨祭の、一週間後の日曜日の礼拝のために書かれたのだから。

調べるうちに、このコラールのもとになった讃美歌の作詞者が、ヨアヒム・ネアンダーという神学者であることがわかった。

一六五〇年にブレーメンで生まれ、ブレーメン大学で神学を学んだあと、ハイデルベルクとフランクフルトでも学び、その後デュッセルドルフのラテン語学校の教師となり、次いで聖職者となった。多くの讃美歌の詩を書き、作曲もした。宗教改革後のドイツにおける、最も重要な讃美歌詩人のひとりと位置付けられている。

デュッセルドルフ近郊の、デュッセル川に在る美しい峡谷を逍遥しながら詩を書いたり、そこで礼拝を行ったりしたらしい。一六七九年、ネアンダーは故郷ブレーメンに戻り、聖マルティーニ教会の補助説教者となったが、重い病にかかっていたらしく、一年もしないうちに若くして亡くなってしまった。聖霊降臨祭の月曜日、一六八〇年、五月三十一日のことだった。この最後の年に、後にバッハのコラール〈主を頌めまつれ、力強き栄光の王を〉のもとになった件の讃美歌の歌詞を書いたという。

追悼の説教は、三位一体の祝日の次の日曜日に、彼の精神的な養父とも言うべきかつての師、マルティーニ教会の首席牧師であるテオドール・ウンデレイクが執り行った。

ネアンダーにちなんで、デュッセルドルフの峡谷が彼の名で呼ばれるようになったのは十九世紀初頭のことだった。「谷」はドイツ語でタール、ネアンダーを、日本では舞台発音のネアンデルと読ませ、「ネアンデルタール」となった。

一八五六年、この谷の洞窟でネアンデルタール人の化石が発見される。

世界がコロナ禍に苦しむなかで、この洞窟のかつての住人は、にわかに「時の人」となった。ライプツィヒのマックス・プランク進化人類学研究所の教授らが、新型コロナウィルスに感染したときの重症化を予防する遺伝子が、ネアンデルタール人由来であることを突き止めたのだ。この、まさに最新のニュースは、きっと研究所の地元ライプツィヒの街を駆け巡ったことだろう。世界最古の日刊新聞 *Einkommende Zeitungen*（新着のニュース）を刊行した街でもあるのだから。

教授のひとりスバンテ・ペーボが、一八五六年に発見されたこの骨の一部を使って、ネアンデルタール人のＤＮＡ配列を解読することに成功し、二〇二二年のノーベル医学生理学賞を受賞することになる。

この発見で、ネアンデルタール人がホモ・サピエンスと交配していたこと、古代人のＤＮＡがわたしたちにも受け継がれていることが解明された。

スティーヴン・ミズンの著作『歌うネアンデルタ―ル 音楽と言語から見るヒトの進化』によると、音楽と言語には共通の先駆体があって、われわれホモ・サピエンスにおいては、そこから音楽と言語が分離して別々に進化したが、ネアンデルタ―ル人はこの先駆体を一体化したまま持ち続けた、との仮説をミズンは立てた。この先駆体を指す用語として、ミズンは「Ｈｍｍｍｍｍ」を用いた。「ｍ」が五つも連なるこの用語を見て、わたしは即座に「ハミング」を思い浮かべたが、これは、Holistic（全体的）、multi-modal（多様式的）、manipulative（操作的）、musical（音楽的）、mimetic（ミメシス的）の頭文字から成る語だということだ。最後まで言語を持たなかったネアンデルタール人は、このコミュニケーション体系を最大限まで利用して、互いに協力し合って社会のきずなを強固にすることに成功したので、長く厳しい氷河期のヨーロッパを生き抜くことができたとミズンは考える。彼らは、言葉のない歌を歌う、豊かな感情を持つ人びとだったと云う。言語は持たないものの、音楽的に豊かだった彼らが生きた氷河期の景観で聞いたものは、われわれ現代のホモ・サピエンスの耳ではもはや聞きとれなくなった、自然のメロディとリズムのパノラマだったとミズンは思い描く。

二〇二一年の復活祭に、ライプツィヒからわたしのもとに届いた「不思議の窓」は、かくも多くの魅力的な謎を秘めた庭にわたしをいざない、幾つもの美しい卵を見つけさせ、驚かせてくれた。窓から見える景色は、譬えるとすれば、精神的な遠近法で巧みに描かれた絵画のようで、現代に生きるわたしたちの居間から、音楽をとおして、幾重にも重なる時代の層を透視させてくれるかのようだ。バッハの時代から、ネアンダーがその短い生涯を生きた時代へと遡り、さらには、太古の昔のネアンデルタール人が歌っていた洞窟まで見晴るかすことのできる、素晴らしい絵だ。彼らの歌はこだまとなって、二十一世紀の進化人類学の最新の成果にまで、その響きを返したのだ。彼らの「ハミング」が、その絵の消失点のさらに彼方から、二十万年の時を超えてわたしの耳にも響いてきたなら、その歌に訊いてみたい。感染症と戦争、経済格差や、他者の思考を拒絶するだけの分断されたこの厳しい現代の「氷河期」を、わたしたちはどんな歌を歌えば生き抜くことが出来るのかを。遠い昔、わたしたちの先祖がアフリカから世界の各地へと漕ぎ出した海が、今やプラスティックのごみですっかり汚染されてしまっている状況は、果たして取り返しがつくのかを。そして、進化してきたはずのわたしたちホモ・サピエンスは、いったいどこで間違ってしまったのかを。

ヨアヒム・ネアンダーの墓の正確な位置は今日もなおわかっていない。長い間、ネアンダーの最後の勤務場所だった聖マルティーニ教会の近くだろうと思われていたが、精力的な調査が行われるなか、何と二〇二一年になって、或る偶然によって発見されることとなった。〈われらの愛する聖母〉教会の教区の会計簿の記載から、葬儀の後、一六八〇年六月三日に、ネアンダーはこの教会の墓地に埋葬されたことが明らかになった。彼は、幼子として洗礼を受けた故郷の教会に、再び戻ってくることができたのだった。

ネアンダーの父方は聖職者の多い一族だったらしい。元々の姓はノイマンだったのを、ヨアヒムの祖父が当時の流行に従ってギリシャ風に書き換え、ネアンダーと改名した。Neumann（ノイマン）、つまり「新しい人」だ。この感染症と戦争の時代をわたしたちが何とか生き延びることが出来たとして、コロナ後の世界で、以前と同じような生き方をするわけにはいかないことは、誰もが承知している。わたしたちは、古い卵の殻を破って復活し、「新しい人」になれるだろうか。

参考　スティーヴン・ミズン著／熊谷淳子訳
『歌うネアンデルタール 音楽と言語から見るヒトの進化』早川書房

人類的下り坂の一日

上田 睦月

うえだむつき。一九九九年生まれ。
うずらたまごの串揚げが好き。定期的にギターにハマる。

この文章はエッセイである。

しかしながら、私の日々の営みとは、悲しいことに話のタネになるようなものではなく、緩やかな勾配の坂道を下るかのようなもので、これを書くにあたって、非常に頭を悩ませている。また、このペンネームを見たところで「ああ、あの人のエッセイか」となる人はいないだろう。これは私がこのペンネームで世に出す初めての作品だ。これは持論だが、どこぞの誰のものとも分からぬエッセイを読むというのは、脂ぎった上司の過去の栄光を聴かされるよりも退屈である。

そこで一旦、私というものが何者なのかをしっかりと説明しよう。少々長くなるかもしれないが、どうかお付き合い頂きたいと願う。

私は齢二十四の男性で、普段は文章を書き、自堕落な生活を送りながら、知り合い三人とラジオを放送している。

ああ、終わってしまった。私という人間のパーソナルな情報として、他に挙げるべきものが見つからない。他に書けることは自己紹介が大の苦手だということだけだ。学生時分より、自己紹介というものにいい思い出が無い。脳裏に浮かぶのは、クラスメイトのひきつる口角だけだ。

気分が悪くなってしまったのだが、このまま筆を置いてしまってはなにがなんだか分からないので、私が参加しているラジオについて書こうと思う。

ラジオといっても、ドライブ中やお昼のお茶の時間に添えるような、軽やかなパーソナリティーの耳馴染みの良い声で進行し、洒落た音楽や流行りのポップ・ミュージックを流す一般的なものではなく、インターネット上のみで配信されている、下卑た話をする粗末なものだ。男子中学生が放課後、教室の後ろで駄弁を弄する様から、体力と純粋さとフレッシュさと青春を取り除いたものを想像してもらえると、私達のラジオになる。話の内容も、間違っても真剣に聴くようなものではなく、例えば『家電を装備して闘う場合、何が一番強いのか？』や『コンビニ強盗を撃退する為にどんな罠を店内に仕掛けるべきか？』などについて語っている。人生には到底必須ではないが、あればまあ、人によっては少しは楽しいよね、ということで、一握りの人達には聴いてもらえている。

そんな私達のラジオだが、発足に際する出来事がやや珍しいため、紹介したい。

　時は二〇二〇年春、パンデミックにより、人々が外出を控え始めた頃、インターネット上の某掲示板で、Mという男が「皆で集まって何か面白いことやりたのだが？」と話を持ちかけた。オンラインチャットを通じて、家の中で鬱々としていた掲示板のユーザー（＝ネットの民）延べ二百人が集まった。私含め、ラジオのメンバー四人もそこにいた。Mを船頭とし、株式会社を設立するプロジェクトが開始された。その頃、インターネット上ではVtuberというものが流行しており、技術の簡易化が進んでいたため、それを主軸とした広告代理企業を目指すこととした。

　先んじて説明しておきたいのだが、この某掲示板というものは、著名な人物を罵倒したり、風評被害をばら撒いたり、ユーザー同士で煽りあったりする、はっきりいって害悪なものので、そこのユーザーは人間として歪みのあるものが多い。

　一介のネットの民であった者たちは、何かを成そうとする行為自体に熱を覚え、積極的に行動を起こした。Vtuberとしてのイラストを描くもの、企業のホームページを作成するもの、何故かゲームを作り始めるもの、決して合理的とは思えなかったが、それぞれが意欲を持って動いた。資金集めにも彼らは奔走した。丁度国からの一時給付金があったため、それを集める話も持ち上がった。

　しかしながら前述の通り、彼らの多くは至るべくして掲示板に至った者であるため、そんな情熱も長くは続かない。次第に人は減り始め、ネットの民同士の軋轢も多く生じるようになった。

　そしてMにも問題があった。彼は過去に、仮想通貨の詐欺に関係していたという話があり、ネットの民の中で議論の対象になり始めた。その真偽は最後まで不明であったが、それはプロジェクトを瓦解させるに十分な噂だった。法人として申請することすらなく、集団は空中分解した。立ち上げから、僅か二カ月の間のことだった。烏合の衆には当然の末路といえる。そもそも、誰も起業のノウハウが無く、社会性に欠くネットの民がいくら集まろうとも、ごっこ遊びの域を出るはずが無かった。哀れ。

　Mの噂がたち始める少し前、私達四人は、Mに見切りを付け、独自で何かをしよう、ということになった。それぞれがネットの民であったため、顔は出せない。資金も無い。これといって一芸に秀でたものも居なかったが、メンバーのうち一人が、ラジオ収録の経験があったため、ラジオを録ろうということになった。

　つまり、私達四人は社会不適合者であり、互いの顔も年齢も住所も趣味も知らぬまま、たまたまそこで出会い、そしてラジオを作り始めたのである。私達が投稿しているプラットフォームには、様々なラジオがあり、ジャンルもまた多様で、ニュース、テクノロジー、コメディ（私達のはこれ）などがある。パーソナリティーの数もまたまちまちだが、彼らの多くは、元々知り合いだったり、同じ技術畑の人間だったりする。その中で、終わりの土地であるネットの民四人のラジオは、異色の存在だ。

　話の内容も内容なので、大人気というわけでもなく、一銭にもなっていないのだが、このラジオはもう三年の歴史を刻むことが出来ている。やはり私達も元々はネットの民であり、四人とも人間として立派なものではない。何かを始めようとして頓挫した経験は、恐らく『普通』の人々よりも多いことであろう。それでも細々とながら続けられている現状は、私達にとって奇跡とも呼べるものだ。社会性を欠く者達の偶然のめぐり合わせとその結びつき、それらを生んだのが揺れ動いた社会情勢だという事に、私は奇妙な面白味を感じずには居られない。

草原詩社

出版案内　3

畑章夫『猫的平和』

詩集評（秋吉里実／荒川純子／角野裕美／河上政也／タニグチイジー／水本育宏）

2020年4月刊行。定価イデオロギーに固まった社会詩でもなく、偏狭な視線によってなされた生活詩でもない。地に足をつけた「生活思想詩」の成果がここにある。

・畑章夫は、豊かさのむこうにある事実を、見て見ぬふりをしてはならない現実を、見続ける。畑章夫は、多くの犠牲と絶望のうえに手に入れたものが、どのようなものでなければならないか、真の平和、真の幸福とはなにか、を問いつづける。（「草原通信2」より　松本衆司）

・日常生活を営む中で、私たちはどうしても日々起こることをどれも当たり前と考えるようになってしまう。更に日々のペースの速さ、変化の速さについていくことに精一杯になって、今行っていること、起きていることに関心を払わなくなっていく。そんな中で畑さんの作品は生活を丁寧に描くことで生活そのものをもう一度ちゃんと見るようにさせてくれる。（「月刊　新次元35号」タニグチイジー）

前田珈乱『風おどる』

詩集評（まるらおこ／宮坂新／マルコム・シャバスキー／タニグチイジー／岡村智昭／友尾真魚／岩村美保子／畑章夫／平居謙）

2019年5月刊。令和の時代がやって来た。新時代初日に刊行された記念すべき詩集。中国哲学研究者である著者の、底知れぬ語彙と若さとがミックスされた新しい時代の新しい視覚詩がここに誕生した。凝縮と拡散の妙を体験せよ！

・彼のいう「宇宙」は空の果てにあるし自分の体内にもあるし珈琲のなかにもあり、それは優劣をつけるものではないのだ。（同書栞より　山村由紀）

・この詩集では、風は物理的に吹く風という意味のほかに、その時 代の社会の潮流という意味や、生き物に生命力を与えるものという意味や、運命を 左右する物事の流れという意味なども有していて、重要なモチーフとなっている。また、『風おどる』というタイトルには、愛と勇気を持ってどんな時代の風の中で も軽やかに踊っていたいという願いや、自らの詩集で旋風を起こしたいという願い がこめられていると思われる。（「月刊 新次元24号」2019年5月より　マルコムシャバスキー）

■特別寄稿■

貧しい詩の履歴

甘楽 順治

中学二年生（一九七二年）の頃、現代詩を読んでいた同級生の影響で詩の読み書きを始めた。一九七七年に『現代詩手帖』を定期購読したが、この時誌上で荒川／稲川の「技術の威嚇」論争があった。高校卒業間際に受験雑誌に初めて投稿する。選者は山本太郎だったと思う。大学二年生（一九八〇年）の頃、『現代詩手帖』や『ユリイカ』に投稿をした。何回か採られたが、その後納得のいくものが書けなくなり投稿は中断した。

一九八九年、平成に入った時は周囲には詩の関係者は皆無で、詩の雑誌は読まなくなっていた。二〇〇〇年を過ぎた頃、四〇代になったのを機に思い立ってまたぼつぼつと書き始め、二〇〇四年『現代詩手帖』に投稿を再開したが、一、二年結果をみてきっぱり詩をやめるつもりでいた。二〇〇五年思いがけず手帖賞をもらうことになったが、この時点でも詩の知り合いは皆無で、同人誌への参加もなかった。どこに詩を出したらよいのか途方に暮れた。第一詩集『すみだがわ』はこの年の一〇月に刊行。

その翌年から他の詩人との関係ができ始めた。二〇〇六年大谷良太さんに誘われ、高階杞一さんの『ガーネット』に参加した（二〇二〇年の九一号で脱会）。横浜詩人会の会員になったのも大谷さんが横浜詩人会賞を受賞したのが機縁になっている（しかし後年脱会してしまった）。また二〇〇八年には森川雅美さんから誘われ詩誌『酒乱』創刊時に同人になった。創刊当時の同人は森川さんはじめ、飯田保文、伊藤浩子、岡崎よしゆき、小川三郎、小池田薫、郡宏暢、小峰慎也、谷口哲郎、平川綾真智、松岡美希、松本秀文、三村京子。これは二〇〇九年発行の第三号（特集「八〇年代詩を考える」）まで参加していた。『酒乱』の前には、詩誌『ウルトラ』（発行人・和合亮一、編集人・及川俊哉）の一〇号（二〇〇七年）と一二号（二〇〇八年）にも詩や文章を寄稿したが、この頃から詩人との接触が増えた。他に池田實さん主宰の月刊個人詩誌『ポエームtama　詩と批評』からよく声をかけてもらい、二〇〇七年から詩を寄稿した。一二編程寄稿したと思うが、詩を発表する場があまりなかった頃なので、ずいぶん励みになった。

松下育男さん主宰の『生き事』には、二〇〇八年秋の四号から参加した。当時の同人は、松下さんの他、阿部恭久、岩佐なを。二〇〇九年五号には佐々木安美が同人に加わり、二〇一三年八号から柿沼徹、二〇一五年一〇号から唐作桂子、坂多瑩子、和田まさ子が、二〇一八年一三号から岩崎廸子、久谷雉が加わった。

一号だけ出した同人誌もあった。二〇〇九年一〇月発行の

『生麦』という詩誌で、これは最初から一号だけという約束だった。メンバーは倉田良成、秋川久紫、近藤弘文と私。表紙は版画家の宇田川新聞さん。横浜市鶴見区の生麦で倉田さんが主催していた「生麦詩話会」という飲み会がもとになっている。自分が主宰した詩誌『八景』も地名にちなんだもので、二〇〇九年九月に創刊号を出した。同人は学生時代からの友人・成田誠と宇田川新聞。二〇一六年八月発行の第三号からは野木京子が同人に加わった。年一回の発行だが、このところ発行が滞っている。

　二〇一二年一〇月には詩誌『Down Beat』（年二回発行）に参加。この詩誌の発刊前、同人のメンバーと野毛の地区センターで何度か合評会をやっていた。創刊時の同人は、柴田千晶（代表）、今鹿仙、小川三郎、金井雄二、徳弘康代、中島悦子で、二〇一六年五月の八号からは谷口鳥子が加わった。誌名の発案は金井雄二。二〇一三年二月には創刊イベントとしてシンポジウムと朗読会を横浜で開催した。その後も同人誌発行後に開催することが続き、これまで九回ほど実施している。これは現在も続いていて二〇二〇年八月に二〇号を発行。世代的・地域的に近いこともあって、年に数回は会い、かなりくだけた話をする。

　ネットの同人誌も一時期出していた。二〇一〇年五月にPDF詩誌『四囲』創刊号をネットで公開した。創刊当時の同人は、阿部嘉昭、近藤弘文、高塚謙太郎と私の四人。二〇一二年四月の六号で終刊した。途中、二〇一一年七月の四号発刊時に飯田保文が同人に加わり、同年一一月の五号で中島悦子が加わった。

イベントで記憶に残っているのは、二〇一〇年九月一八日から三日間開催されたトークセッション『詩の小径をたずねて～辻征夫から2010年代の詩まで～』で、会場は西荻窪の葉月ホールだった。他に二〇一七年五月から松下育男さんの詩の教室が毎月横浜・石川町で始まったが、これに進行役で参加した。しかしコロナ禍により二〇二〇年二月の回以降休止している。

　あらためて振り返ると、あまり豊かな詩歴ではない。

詩を書き始めた頃

マルコム・シャバスキー

・私が詩に多少興味を持ったのは、今から40年くらい前、大学で詩の演習科目を受講したことがきっかけである。本当は小説の演習クラスを希望していたのだが、そちらは希望者が多く、選考洩れになるのをおそれて、詩の演習の方を受講した。

・入ってみると「意外と詩は面白く」などということは全くなく、よく分からなかった（現在まで、よく分からないままポツリポツリと詩を書いている）。

・なにせ、詩など小・中・高等学校の国語の時間にしか読んだことないので、分かるはずがない。特に面白いとも思えない。しかし、演習科目なので当然、詩についての発表をしなければならない。その際、どの作品を取り上げるか、どの作品のどこが優れているかなど、ある程度分かっていなければならない。仕方なく、書店で文庫本を購入したり、図書館で借りたりして、詩の本をノロノロと読み始めた。

・その頃読んだ本は、『現代詩の鑑賞　上、下』『現代名詩選1～3』（伊藤新吉・新潮文庫）、『日本の詩歌　全31巻』（中央公論社）、『現代詩鑑賞講座　全６巻』（角川書店）、『日本近代文学大系　全60巻』（角川書店）のうちの詩に関するもの、吉田精一や村野四郎の詩に関する図書、その他文庫本の詩集などである。〔※一度に読んだわけではない。何年にもわたって読んだ。〕

・『日本の詩歌』は同窓のＨさんが「文庫版の方で全部読んだ」と言ったので、私も読んでみた。個々の作品に鑑賞文がついているので参考になった。

・当時は町のどんな書店にも文庫本の詩集などが並べられており、入手しやすかった。日本人の教養として詩が根付いていた時代である。今は詩集など置いていない書店もあるので、現代詩は壊滅状態と言ってよいだろう。

・「今は詩の世界に入るきっかけとなる、分かりやすい鑑賞文のついた本がないなぁ」と思っていたら、西原大輔という人が「日本名詩選　1～3」（笠間書院　奥付によると初版は二〇一五年六月刊行）という本を出版されていた。時代順に並べられた個々の作品に、鑑賞文が付いている（これは既刊のアンソロジーなどに付されている、ほかの人の鑑賞文を参考にして書いたそうである）。すでにこの本をきっかけにして、詩の世界に親しんでいる読者もいることだろう。

・読んだ本の中では、三好達治、堀口大学、草野心平の詩を面白いと思った。

・そのうち、見よう見まねで詩を書き始めた（ひょっとしたらＨさんが詩を書いているということを知って、私も詩を書き始めたのかもしれない。きっかけは忘れてしまった）。今は惰性で書いているので楽しいとは思わないが、当時は、詩を書くのが楽しかった。浮かんだ言葉を書きとめて、一つの作品に組み立てて、出来上がっていくのは面白かった。何かを作る・生み出すというのは、種の保存を目的とする人間（生命）の本能なのかもしれない。料理人であれ、家具職人であれ、詩人であれ、何かを作り出すという行為に、本能的に喜びを見いだしているのかもしれない。

・Hさんと私はお互いに作品を見せ合うようになった。まさかHさんとの交流が現在まで続くとは思わなかった。Hさんは当時からダダイズムに影響を受けた作品を書いていた。また、生き方もダダイストっぽい無鉄砲な生き方をしていた（仲良くなるにつれて、無鉄砲なのは表面的なもので、Hさんは実は繊細で人間愛に満ちたロマンチストであることが分かった）。

・Hさんの作風は今もあまり変わっていないと思う。ほかの人たちの作品の中に、彼の作品を一つ紛れ込ませたとしても、すぐに彼の作品は見つけることができると思う。ほかの人にはマネすることができない個性が、一貫してその作品にあるということは良いことである（ただし、私にはダダイズムのどこが良いのかさっぱり分からない）。

・私はその頃は、詩に結末（オチ）をつけて書こうと思っていた。小説の「ショートショート」の詩版である。オチがないから詩はつまらないと思っていた。リズムは二の次にして、短い物語詩を書こうとしていた。しかし、成功しなかった。明白なオチがある詩は作為があらわになり、あざとくて印象が良くない。今でもオチをつけてしまう傾向があるので、イヤだなと思う。

・そのうち、「ブラケット」という同人誌（会員誌）に参加して、作品を掲載させてもらった。しかし、数年して廃刊になり、作品の発表場所がなくなってしまった。すると、Hさんが人を集めて「脳天パラダイス」というシリーズを出すことになり、参加させてもらった。これは季刊という名目だったが、実際には不定期の刊行だったと思う。詩人になるつもりはなく、どうせ誰も読んでいないと思っていたので、めちゃくちゃなアホらしいことを書いた。縛りをかけずに、好き勝手に書いた。難解な現代詩が幅を利かせる閉塞的状況を壊したいと思っていたのかもしれない。また、笑いを主眼にした詩は戯れ歌などと呼ばれて、低く見られるのがイヤで、笑いの要素の強い作品を書いていた。今でもユーモラスな作品は、シリアスな作品よりも低く見られる傾向があると思う。インテリ詩人（学匠詩人）の些末なユーモアは、諧謔・遊び心・巧まざるユーモア・エスプリ・ウィットなどと呼ばれて称賛されるのに、それ以外の詩人のユーモアは下品な夾雑物として排斥されるのはおかしなことである。

・現代詩（戦後詩）は概して難解である。解釈や鑑賞を拒絶しているところがある。《いかようにも解釈してくれて構わない》、《多様な解釈が成立することを狙ったものである》、《作品は作者だけのものではなく、読書行為によって成立するものだから、ご自由にどうぞ》という考えに基づくのだろう。現代詩にはしばしば、バラバラで論理性のない文・語句・単語、どこにもつながらない行やイメージ、構成のない記述、具体性のない抽象概念や専門用語、難解な暗喩、などが並べられていて厄介である。解釈しろという方が無茶である。何とか自分なりにその作品を分かったつもりでいても、最初から特定の解釈を拒絶した作品（多様な解釈を許す作品）なのだから、ほかの人はその作品に異なる解釈や印象を抱く場合がほとんどである。また、自分でも次の機会に読んだ時には面倒にも、再びはじめから解釈と鑑賞を始めなければならない。

・その作品が極彩色に輝いていて、赤色に見える時もあれば、青色に見える時もある、さらには黄色に輝いている時もあるという場合ならよいが、ぼんやりとくすんだ光しか放っておらず、読者はおろか作者までも何を書いたか分からないという状況は悲惨である。この場合、多様な解釈が生まれるのはその作品が単に曖昧でつかみどころがなく、表現や構想に問題があるということである。結果的に、技巧を凝らして中身があるように装っているのだから始末が悪い。

・読むたびに異なる解釈が成立するということ、言い換えれば一定の解釈や鑑賞が成立しないということは、評価することも、詩史の中に位置づけることも難しいということである。そのような作品は人に勧めることが難しい。良さを伝えにくいのだから、一般の読者が読まなくなるのも当然である。

・もちろん、作品によっては表現が難解になることもあるだろう。そのような表現でしか、自分の書きたい内容はあらわし得ないという場合もあるだろう。それは否定しない。しかし、そのような難解な表現が常に必要であるとは思えない。また、多くの詩人がそれに「右へならえ」をする必要もない（特に地方の詩人は情報が少ない上に純朴だから、中央で活動する詩人の難解な作品をスタンダードなものだと勘違いしてしまう）。本来は傍流であるはずのそのような作品が、現代詩では本流になっていることに問題がある。詩の世界を覗いてみようと思った一見の読者が、詩の扉を開いたものの、失望して扉を閉めてしまうような状況は打破しなければならない（もっとも、打破するための活動など一切していないので、私には言う資格はないが）。

・いっそのこと、バイパス手術をして近代詩と令和の詩を直接つないでしまえばいい……などというのは流石に暴論か。

・しばらくすると、「脳天パラダイス」シリーズも終了した。私の創作欲も衰えていたので、もう詩は書けなくなるだろうと思っていたら、Hさんが今度は「リリック・ジャングル」を始めた。私はそこに参加して、現在まで寡作ながら詩を書き続けてきた。「リリック・ジャングル」がなかったら、とうに詩を書かなくなっていたと思う。普段の生活では詩を書くことはなくなっているのに、Hさんから「リリック・

ジャングル」の執筆希望調査をもらうと、昔から続けている唯一の趣味だから書こうと思って、詩を作っている。

・「脳天パラダイス」も「リリック・ジャングル」も、私の作品も含めて、所詮はアマチュアの詩だと思う（よく考えるとプロの詩人などいないのだが……）。Hさんの方針で両雑誌とも一般の書店に流通させているが、私も含めて、もっとうまくならないと、書店で見かけてお金を払って購入してくれる人に申し訳ないと思う。人に見せるレベルにまで達していない、自己満足のレベルで終わっていることが最大の弱点だろう。

・Hさんは非常に行動力のある人で、詩に関する様々なイベントや活動を行っている。若い頃のパワーを保ち続けていることには驚かされる。詩に対してひとかたならぬ情熱があり、何かを思いつくと、それを実現せずにはいられないようである。好きな作品や詩人に出会うと一直線に傾倒し、いつまでもそれに対する情熱を失うことがない。先にロマンチストと述べたのは、そのような点からである。野心や功名心もあると思うが、何十年にもわたって詩誌や詩集を発行したり、イベントを開催したりすることは、功名心だけではできない。何の得にもならないことを続けていることが、彼が詩と詩人に対する強い情熱を持っている証拠である。もちろん、何の得もないことを続けているのだから、彼は多少頭のネジのゆるんだまっとうな馬鹿者である（ホメすぎたので、バランスをとってけなしておく）。

・面倒くさい、何もしたくないと思って生きている私には、Hさんは羨ましい限りである（本心はそうでもない。あんなインチキな人間にはなりたくはない。〔けなしておくパート2〕）。

・Hさんの興味の対象が詩であったのは幸いである。もし、興味の対象が宗教であったなら、今頃、一大カルト教団を築き上げて、社会に災厄をもたらしていただろう。〔パート3〕

・しかし、Hさんと私はしょっちゅう連絡を取り合っているわけではない。会うと特に話すこともそれほどない。私は偏屈で人間嫌いなので、元々誰とも合わない。その私を見離さずに交流を続けてくれていることには感謝の念しかない。「リリック・ジャングル」が続けば私は詩を書き続けるだろうが、終われば書かないだろう。

・私にとっての平成の詩とは以上のようなものである。

西脇順三郎「フローラの旅」と歩くこと

荒川 純子

今の職場に異動して四年が過ぎるが、片道二十分を歩いて通っている。最初はバスの時刻と出勤時間が合わないことだったが、一度歩いてしまうとなんという爽快感。バスを待ったりすでに停車しているバスめがけて走ったり、そんな必要はない、出遅れれば早く歩けばいいし、ゆとりがあればのんびり歩けばいい。そのうち休みの日も歩かないと気が済まなくなった。

一月の休日、私の休みはほとんど平日だ、どこにいっても空いているし、図書館のパソコンを使える席は気に入った机をキープできる。ただ、この日はなんとなく図書館まで遠回りをしたい気分だった。自宅を出て南麻布方面へ、麻布十番で銀行に立ち寄り赤羽橋を折れて東京タワーに見送られ三田へ歩く。たまたま慶應のアートミュージアムで「２０２３年新春展　泉鏡花のお気に入りたち　うさぎの潜む空き地」に立ち寄ると、ちょうど昨日からアートスペースで西脇順三郎の記念展「フローラの旅」がはじまったことを知り、そのまま直行。

西脇順三郎が私の自宅の近くに住んでいたんだよ、と若い頃にある詩人の方に教えて頂いてから作品を読み、西脇ファンとなった。はじめは、詩の中に英語の単語やカタカナが多くて日本の詩、詩人の作品とは少し違うな、と感じたが、ギリシャ神話やダンテが好きだった私は、作品を読みすすめていくうち使われるモチーフが私好みで、ぐんと西脇作品の魅力にはまっていった。

今回、久しぶりに西脇順三郎作品を思い出しながら「フローラの旅」を観る、いや実際は読む展示だと思う。植物をテーマにした作品の原稿用紙が展示されており、自筆原稿から作品を読めることができた。なんと嬉しいこと！原稿の文字は読みやすく温かく思えた。武蔵野を歩くイメージは「旅人かえらず」から受けてはいたが、私の想像より西脇はたくさん歩いてたくさん野草や野原に想いを寄せていたと改めて知る。どんぐり、いぬたで、えのころ草、けやき、りんどう、野ばら、「旅人かえらず」の中だけでも多くの野草の名前は登場するが、展示の中には散歩の途中で出会った野草や雑草を大切に押し花にして名前を記したスケッチブックもあった。茶色く変色したセロハンテープが印象的で、画家をめざしていた西脇の草や実のスケッチは素朴ながらもとても上手くて驚く。

のぼりとから調布の方へ／多摩川をのぼる／十年の間学問をすてた／都の附近のむさし野や／さがみの国を／欅の樹をみながら歩いた／冬も楽しみであつた／あの樹木のまがりや／枝ぶりの美しさにみとれて　　　　「旅人かえらず」より抜粋

西脇順三郎の「歩行」は大学への講義での往復や考え事をする散歩だったのか。今でいうウォーキングとは違い、「歩行」

とは思いをめぐらせて歩く行為だと思う。最近立ったまま勉強をする方が効果的だという説もあるが、私も歩くと詩の言葉が頭にあふれてくる。あ、これ、と浮かんだ言葉を記憶に残せず書き留めることもできず、悔しい思いをしながらいつも通勤している。

「フローラの旅」より数日後、「西脇順三郎と女性性」という野村喜和夫さんと小池昌代さん、鳥居万由実さんの講演に行った。この講演の中で野村さんが西脇を「散歩の詩人」と話していた。私は「幻影の人」と思っていたがこれは　～路ばたに結ぶ草の実に無限な思いの如きものを感じさせるものは、自分の中にひそむこの『幻影の人』のしわざと思われる～と書かれていたものを勘違いし思い込んでいたようだ。西脇は歩くことで自然の移り変わり（時間）、変わらぬ地面（場所）、そこで生まれ変わる植物たち、土、空気、それをみつめる人間の現実と事実を淡々と言葉に変えて作品に仕上げていくことで静かな存在価値をしたためたのではないか。フローラ＝植物、でいえば戦後すぐに発表された「旅人かえらず」よりも以降の「第三の神話」「近代の寓話」の方が植物の登場は多い。

この講演で小池さんは西脇作品を「観念的部分を現実の言葉で穴をあける…」（合ってるかしら？）と話されたが、なるほど、と思った。紹介してくださった作品の中にあらわれるのは、女学生との会話、がんもどき、まさかり、など日常生活に近い現実と面白い名詞使い。それらをさらりと書き込んだユーモアのある詩作品は、読者を西脇を忘れられない存在とさせるアイテムだろう。

さあ、歩こう。私の通勤ルートは坂あり公園ありお寺あり、と四季を感じるコースになっている。早番の時間では朝の鐘の音にラジオ体操の人たちを横目にし、遅番の帰り道は位置の変わる月を追いかけたり、慌ててスーパーの閉店にすべりこんだり、と同じ往復がないことが楽しい。

あの日、まっすぐ図書館に行かないようフローラ(花の女神)が私を導いたのだろうか。思いがけず西脇順三郎からはじまった令和五年、私もどんどん言葉をめぐらしていかなくては。

オーポポーイ

西脇順三郎没後四十年記念展「フローラの旅」
令和五年一月十六日～三月十七日
慶應義塾大学三田キャンパス
南別館1階アート・スペースにて

Lyric Festa 2022の記録

　二〇〇九年以降、ＰＯＥＭバザールの後継イベントとして続けている「Ｌｙｒｉｃ Ｆｅｓｔａ」。二〇年・二一年は新型コロナ禍下にあってやむなく中止した。しかし二二年年、三年ぶりに開催することができました。特に毎回その場で執り行う、草原詩社で詩集を出版した皆さんの記念会もごく個人的にお祝いを申し上げる形でしかできていないのが心に引っ掛かっていた。この度ようやく畑章夫『猫的平和』、川鍋さく『湖畔のリリー』、マダムきゃりこ『Rendez-vous』、山村由紀『呼』、恭仁涼子『アクアリウムの驕り』、前田珈乱『氷点より深く』、まるらおこ『予鈴』各詩集を巡って七冊合同ではありますが、改めてお祝いの言葉を交わす機会を持て、ようやくの思いがやっとここで満たされた。

　当日はプレゼンテーターとして岩村美保子さんが東京からわざわざ駆けつけてくれ、美声＆名司会＆スピーチまで！披露してくれた。そんなこと書かんでもお分かりでしょうが（岩）は岩村さんの略。大阪名物岩お越しの会社は倒産してしまったが、岩村美保子、これまで以上にゲンキです！では、ここからは岩村さんにマイクを渡して、当日の実況中継を！時々平居も、マイク握っています。（平）です。

・・・・・・・・・・・・・・・

（岩）畑さん、恭仁さん改めてご出版おめでとうございます。先ほど東京から参りました。きょうは皆さまにお会いできるのを嬉しくおもっています。急に司会など仰せつかり驚いていますがよろしくお願いいたします。私からまず、畑さんと恭仁さんのお二人に祝辞を述べよということで簡単にではございますが、印象に残ったところをお話させていただこうと思っております、よろしくお願い申しあげます。

◆畑章夫『猫的平和』☟岩村美保子

　まず、畑さんの詩集ですが、畑さんの詩には、おいしい言葉がたくさんでてきます。食べものが目に浮かびます。しかし、それらは食材と呼ばれる前は、生きていた命なのです。当たり前に過ぎてゆく日常のなかで意識することなく口にします。けれど、それらは命あるのだよと改めて気づかせてくれるのです。決しておしつけがましくなく、でも、厳しい目で。今回読み直し、素敵だなとあらためて思いました。

　特に印象に残った個所をいくつか挙げてみたいと思います。

いわしの頭をちぎり
はらを裂く指でわたを出すと
卵の袋がはりついた　（「いわし」抜粋）

目がある
口がある
頭から尾びれまで
しわを寄せている
干物を網にのせ
焼くと
皮が膨らみ
破れる

朝はこのように

海と出会う
２０１１年３月１１日
君の祖先は
どこにいたのか

箸で身をほぐす
頭と
骨と
尾びれを残し
お茶をすする

ラジオからは
音楽とおしゃべりと
天気予報とニュース
皿に残った目が
こちらを見る（「さんま」全文）

羽を押さえ
細い足をつかみ
逆さまにつるす
手のナイフが動くと
首がぶら下がった
小さい体からの血を
バケツに受けた（「にわとり」抜粋）

また、口の働きに視点をあわせた、「からだ抄　口」という作品では、読み進めるうちに、人間の口が、体から離れて別の生き物に思えてきました。

たべる／ふくむ／なめる／ほほえむ／しゃべる／かむ／すう／つぐむ　（「からだ抄　口」抜粋）

命のこと、からだのこと、畑さんの詩は、生き物の生というテーマを、身近な生活のなかから取り上げて、見せてくださる詩だと思います。見落とさないように、と。これからも深みのある作品を楽しみにしております。

◆恭仁涼子『アクアリウムの驕り』

☞岩村美保子

恭仁さんは千葉にお住まいで、東京ではとりQなどでよくご一緒しているのですが、『アクアリウムの驕り』の中にも合評会で読ませていただいた作品も多くあり、懐かしい気持ちで読み返しました。

詩集の中で一番印象深かったのは「再々々上映」という詩でした。

互いに想い合うとかいう奇跡があるなら
その現象の断片を拾うため、チャチな映画を繰り返しみる
奇跡のストーリーは夢オチで終わり
あなたからは「控えめに言ってつまんないよね」と忌憚なきご意見

いつのまにあなたが隣にいたのだろう
スクリーンは、またジジリと動き出す
ストップ映画泥棒の茶番を見届け
私はあなたが席を立つのを今か今かと待つ
長い二時間二十九分がまた終わった
映画はひとりでみる方が好き
私から言おうとしたのに、あなたに先をこされた
再び前面のジジリという音
あなたはあくびをした

ひとつだけ、追加されたシーンがあった
サバンナで八歳ほどの少女が祈りを捧ぐ姿

だ
主よ、どうぞ私の声に耳を傾けてください
彼女は言う
私は言う
「私は　誰か人を愛してみたいのです」
（「再々々上映」　全文抜粋）

〈私は　誰か人を愛してみたいのです〉この一行の詩句に向かって、詩集『アクアリウムの驕り』はあるのだと思いました。人を愛してみたい、それは、海に浮かんだ人魚の目から見える陸の景色に似て、知らない世界、未知のこと。けれど愛に挑まずにはいられないとでもいうかのように詩は綴られていきます。それは、表題作「アクアリウムの驕り」でも。

でもね、ママは恋をしたからあたしを生んだんだって。パパのことを覚えているんだって。あたしからしたら、おとぎ話だけど。パパはきっと、ママのことなんか忘れてる。理屈じゃなくってそう思うんだ／ほんとうは歌だけを歌いたい。でも、あなたの存在を愛さずにはいられない（「アクアリウムの驕り」　抜粋）

〈愛するとは〉と問う事。それこそ海のなかから探し出すような答えのでない問いに向き合った詩が詩集『アクアリウムの驕り』にはたくさん詰まっていると感じました。恭仁さん、ご出版おめでとう。これからも、深い海のような詩を書き続けてください。新しい詩集もお考えとのこと、楽しみにしています。また東京の会でもお会いしましょう。

（岩）それでは、ここからは何名かの方に、それぞれの詩集に対してスピーチをお願いできればと存じます。武谷さん、川鍋さくさんの詩集への祝辞をお願いいたします。

◆川鍋さく『湖畔のリリー』

☝武谷多加世

川鍋さん、詩集の発行おめでとうございます。こちらが初の詩集であり、詩を書かれるようになってまだ三年という状態で出されたそうなのですが、それが信じられないほど、独特の世界が既に構築されていると感じました。また、私は最近詩を書き始めたばかりなので、人物描写や身体感覚の表現の巧みさにこんなふうに書けるようになりたいと思いました。

私が知る川鍋さんは、若くて美人というだけでなく、合評のコメントが鋭い知的な方です。この詩集もまた女性らしい外観です。気が重くなる分厚さでもないし、本棚で迷子になるほどの薄さでもありません。紙質も色合いも上品です。少し変わったところは折り込まれたページが二枚あり、自然にここが初めに開いてしまいます。一見きれいなのに一筋縄ではいかないのですね。

さて、その開いてしまう折り込みページには「透明のピストル」、その前のページには、「私が死んだら、私のこの体に翼は生えますか」という一文が目に入ります。なかなかダークな雰囲気が漂っていますが、やはり1作目から読むのが正しいのだろうと表題作『湖畔のリリー』を読みました。一行目にいきなり「戻っておいでここへいつでも」、とありますので、これは基調講演なのでしょうか。リリーは女性の名前だと思っていたので、はじめは川鍋さんのようなきれいな人が湖畔にたたずんでいることを想像していたところ、一読するとミレーのオフィーリアという女性がおぼれ死んでいる絵を思い起こさせる詩です。

リリーがオフィーリアというのはわたしの勝手な想像でしたが、この詩集には、父親、祖母といった家族、ゆいちゃんや八郎、聖さんという名前を持つ人物が登場します。このひとたちにモデルがいるのかどうかわかりません。よく似た人物が私の周囲にいるわけでもありません。しかし肉親に対する嫌悪のような愛着、愛情には共感できる人が多いでしょう。ゆいちゃんや八郎といった人々がまとう切なさを私も知っているような気がしました。

そしてなまなましい身体感覚表現がすばらしいです。「目が覚めると長い鉄杭が胸の真ん中に突き刺さっている」「心臓と右肺と左肺の隙間にときおり真夜中の海が現れる」といった臓器の名前によって具体的に思い起こさせるものや、ひきずりだした仔牛の軽さとか寒い日にあたためてくれる玉ねぎといった表現は、ありえないのに理解できる感覚を非常にうまく表現されていると思いました。

最後にもうひとつ、構成が完璧です。「戻っておいでここへいつでも」とありましたので、戻ってみましょう。表題作には「醒め続けている眠りの途中　どんなこわい夢を見る　どんなくるしい夢を見る　どんな愛しい夢をみる」という連があります。まさしくこれ以降の作品群のことなのでしょう。続けて「湖のほとり　今日も白く咲いている　リリーの群れは枯れない」としめくくられています。

さらに詩集の最後の作品「動かざる実存」では、「土壌がやみかれ泉が枯れ、根を張る大地が消滅しても　一厘の白い花はある　咲いては溢れ　咲いては溢れる　一厘の白い花はある」という連で詩集自体も終了します。

これは川鍋さん自身のこれからの生き方を宣言されているのだと思います。私の脳内オフィーリアは死んで水に浮いていましたが、宣言されているとおり、湖畔のリリーは枯れません。リリーあらため川鍋さくさんは、詩人として今以上に成長していかれることでしょう。

（岩）武谷さん、素敵なスピーチありがとうございました。それでは続きまして、秋吉里実さんに、山村由紀詩集『呼』を巡るスピーチを頂戴いたします。よろしくお願いします。

◆山村由紀『呼』　秋吉里実

秋吉里実です。よろしくお願いします。山村由紀さん、改めてご出版おめでとうございます。詩集『呼』について、私の感想を簡単に述べたいと思います。この詩集は、人の気配を感じる詩が多いのが特徴的だと感じました。まず、最初に気になったのが、〈語り手と気配の関係〉です。大まかに三つに分けて考えてみました。

一つ目は、〈気配を感じる詩〉です。それは「呼」や「うらにまわる」の詩の中に強く感じられます。これらの詩の共通点は、気配の正体を突き止めようとしないところです。気配を感じるけれども、語り手から近づくことはない。けれども、互いに感じ合っていることが詩から読み取れると思いました。

二つ目は、〈気配に近づく詩〉で、「古布」や「小糠雨」などがそれにあたると思います。そこでは語り手は気配に近づこうとしますが、気配から激しく拒絶されるのです。その後、語り手は気配の声を閉じ込めてしまいます。

最後に、〈気配に踏み込む詩〉があります。例えば「秘密」や「図鑑」などの作品です。

私は、相手に踏み込んで関わった場合、決して無傷ではいられないと考えています。気配についても同様ではないかと思います。そのため、「秘密」の詩の向日葵は自ら燃え、「図鑑」の詩の語り手は血を流すのではないでしょうか。

人の気配ということに関して、次に気になったのが、〈なぜ、語り手は気配を身近に感じるのか?〉ということでした。例えば「ハーモニカ」という詩がありますが、そこには、「わたし」が小学三年生の時、「さきこさん」は中学一年生だった、そういう二人の事が書かれています。〈さきこさんの小袋にはいつも古いハーモニカが入っている。夕方原っぱでふたりきりになると、大切そうに袋から出して見せてくれた。紅いくちびるを　ソ　の穴に当てて吹く。なめらかに移動させて　ラ　の穴を吸う。ときどきふたつの穴を同時に吹いて音がまざった。そのまざった音と音の重なるところにさきこさんはいるのだ〉と、詩の中の「わたし」は観察しています。この部分が、詩集『呼』の核心をついていると私は思います。最後の部分を、詩集『呼』の語り手に置き換えてみると、〈語り手はときどきふたつの世界を同時に見て世界がまざった。そのまざった世界と世界の重なるところに語り手はいるのだ〉ということが分かります。それでは、〈ふたつの世界〉とは何か。最後にこのことについて私の意見を述べてみたいと思います。

詩集の中に「犬去帰公園」というのがあります。「犬」が「去」った後、再び「帰」ってくる「公園」ということでしょうか。不思議な名前です。まるで山村さんの詩集全体を表現しているようなタイトルです。詩の中の言葉〈枯れ草は画面の中で／ゆれて／ゆれて／撮られて止まる〉というのが、重要な鍵ではないかと考えます。カメラの画面の中で枯れ草が揺れている。が、シャッターを切った瞬間、枯れ草は動かなくなるのです。写真の中の枯れ草は停止し、すでに過去のものとなります。ところが、語り手にとって、停止したと思われる時間は、今も揺れ続けているのではないでしょうか。つまり、現在と過去の二つの世界が同時に、並行して進み、その二つの世界が時々重なるところに、語り手は居るのではないかと私は捉えています。並行して進む、もうひとつの世界で生きる人々は、常に語り手の隣で生き続けている。語り手は耳を澄ませ、じっと、彼らの呼吸を聴く。彼らの呼吸と、語り手の呼吸が重なり合う時、詩集『呼』に示される独自の世界が生じるのでしょう。

私は山村さんの詩集を以上のように考えました。またこの先で、山村さんの魅力ある世界をまとめて読ませていただきたいと思います。本日はご清聴ありがとうございました。

(岩)本当に鋭い読みを頂きました。秋吉さん、ありがとうございます。では、マダムきゃりこさんの詩集に関して、大畑眞壽美さまにお願いしたいと思います。

◆マダムきゃりこ『Rendez-vous』

☞大畑眞壽美

大畑眞壽美です。本日はよろしくお願いします。

マダムきゃりこさん、詩集『Rendez-vous』のご出版おめでとうございます。テーマとなる対象のチョイスが抜群でお洒落、からかうようなユーモア、品のある落としどころがたまらない。この詩集を読んだときの間隙を私は2月5日のnoteに投稿しています。一部ご紹介しましょう。

謎めいた作者名／めくるめく詩の世界が展開する／人の思惑なにするものか／これが作者のもう一つのリアル／たくさんの言葉が詰まった宝箱／作品がアルファベット順に収めてあるからか、／作風の異なる詩篇がat randomに出てくるのだ／今出来たてのようでもあり、長い時間熟成されたようでもある／恐竜、りす、土竜…ふだんお目にかからない動物たち。／ジョーカーさえ手懐ける／さすがマダム／メランコリーな心情、あるいはアンニュイな風情。敢えてのずらし。からかいのような微笑。／そんな多様な言葉の世界に引き据えられる／ゆっくり味わいましょう／Boxに詰められた美しいチョコレートのように／舌なめずりをして、どれから口に入れようかと愛でる／　＊メモは適宜行分けされているため、／で詰めて記した（編集部）

詩集の著者はそのあとがきに自ら言う。「私の分身とも言える〈マダムきゃりこ〉がいなかったら、作品が生まれることもなく、この詩集も出版されることもなかったでしょう。彼女は常に先行し、誘導し、時には旨のすくような気がしています。…（中略）…それは不思議で愉快な体験でした。」(2021.8.15)そう、このような不死で愉快な体験をこの詩集の読者は味わうことになるのです。

次に、詩集の解説をされている平居謙氏のことばを部分引用します。

マダムきゃりこの第1詩集『Rendez-vous』を読むと、天空から奇妙な夢がばらばら墜ちてくる。…（中略）…アルファベット準んに作品を並べること自体が彼女の文学観を強く表しているという風に感じた。ま鞠にも潔い存在の示し方である。…（中略）…生きる中で切れ切れに到達する直覚。そういうものを無理やりに体系化しないでそのまま断片として提示する行為が詩行動である。まさにこの詩、否、詩集の配列こそが詩行動の本質にもっとも近い在り方なのかもしれない。

まとめて作品を読んでゆくと大まかに3つのTYPEにカテゴライズされると述べる。

Type 1　例えば「恐竜」が出てくるような詩群。恐竜を出現させることで、広いスパンの世界観を示すという特徴がある。日常詩などとはほぼ縁の薄い世界である。

TYPE 2　比較的ストレートに情熱を語る方向の作品群。〈はぐらかし〉ともいえる手法がMCの照れ隠しのように思われる。

TYPE 3　ちょっと大人のファンタジーのような心持のするダンディなタイプの作品群。カフェや珈琲などのアイテム頻出するが、地中愛や海、飛行機内だっ、裏庭だって舞台となっている。（推薦の言葉 2021年12月25日）

（蛇足）この度私は、この詩主に掲載されているそれぞれの作品が書かれた年月日を追ってみた。

二〇一七年 七篇　一八年 七篇　一九年 一四篇　二〇年 一一篇　二一年 一篇　記載なし一篇

二〇一七年〜二〇年の作品群で、二〇一九年に書かれた作品が最も多い。

このようにこの詩集を見てきました。マダムきゃりこさんにとって最初の詩集。詩集の出版は出産に似ているのでしょうか。時間をかけて大切に育まれたものでしょう。いつも何度読んでも楽しく刺激的です。ヨーロッパの貴族のサロンはもしかしたらこんな空気かと思われます。そして現実と想像の世界を自由に飛び交います。他の人が決してマネできない世界でしょう。こういう体験ができて嬉しくありがたいことです。

（岩）大畑さん、大変熱のこもったスピーチをありがとうございました。マダムきゃりこさんの詩集をもう一度読みたくなりますね。それでは最後になりますが、望月さんにスピーチを頂きたいと思います。

◆前田珈乱詩集『氷点より深く』

☝望月宝

前田さん、この度の第２詩集ご刊行おめでとうございます。この詩集を手に取り、まずそのコンパクトな親しみやすさに惹かれました。そして中に散りばめられる短詩の数々。私としてはこれらの作品を、あるいは仕事の合間にふと読むことが、楽しみでありました。そしてある時は、詩句の裏の意味を想像しながら、読み進めて来ました。

私としては、前田さんは短詩を得意とする詩人であると考えています。詩集の第一部は「ウィンタールバイヤート」であり、四行詩集である訳ですが、私はそうした短詩形の中に、前田さんの練られた想いというものが、最も凝縮されるものと感じます。前田さんはご専門が中国文学ですが、その詩の世界は、むしろ漢詩等からは切り離して、例えばそのようなバックグラウンドを持った詩人の作品であるとは考えずに、純粋に一人の若い詩人の人生に対する正直な感想として、私のような年配者にも人間というものを考えさせてくれるものです。

今も考えている1つの詩があります。本の21ページ目には、多分この詩集を2度目位に読んだときに付けた付箋があります。

粛清

正しさの確信が熱を持つなら、
雪は等しくしずめるでしょう。
貴方もいつか言ってましたね、
ささやかな望みほど高くつく。

最後の1行が好きで、色々と考えています。自分の生活、人生に当てはめて考えたり。しかしそうすると、なおさら詩人が裏にどんな意味を込めながらこの1行を書いたのだろう、と考えてしまいます。あるいは、まったく裏の意味などないのか。

この作品が含まれる詩集の第一部は、「恋は力まかせ、直球勝負。」（「要するに」より）と冒頭にもあるように、恋に対する熱い思いがテーマと捉えられます。しかしこの詩は、「行き過ぎた恋の熱を静めてくれるのが冬の雪」と単純にパラフレーズ出来るものではないでしょう。「粛清」と言うからには、命がけの何かが含まれています。命がけになる「ささやかな」ものとは？それは命がけの恋と言って良いのかも知れませんが、そう単純に言葉では括ることの出来ないものを、感じさせてくれます。

こんな風にこの4行の作品1つをぐるぐると、さながらルービックキューブを回しながら考えるように、楽しみながら眺め回して行くことは、自身の人生をも考えさせられて、文学の醍醐味です。詩集「氷点より深く」には、四行詩に限らずそのような思考と思いを掻き立てる作品が34篇も収められています。これは、大変贅沢な1冊です。前田さん、ぜひこれからも、思いを巡らさざるを得ないような作品を、私たちに与え続けて下さい。

◆まるらおこ詩集『予鈴』 ☝望月宝

まるさん、第2詩集のご刊行、おめでとうございます。私は、まるさんと直接お会いするのは、今日で3度目くらい。ですから、まるさんとはこの本を通して、最も親しくお付き合いをさせていただいたことになります。

詩集全体を通して、一貫した何か重いという訳でもないけれども軽くもない、沈殿した雰囲気を感じました。成程、ご自身が「あとがき」で書かれている、「作品をよく見ると、自分の中に沈殿していたひとかけらのできごとがもとになり、発芽して詩になっている」というコメントが明らかにしている通りです。「発芽して詩になった」もとのできごとたちが、まるさんの中に沈殿していたのであり、そして私はその底流の雰囲気が、作品「仮死の客」の一節、「心の奥底の欠けた部分」という言葉に凝縮されているように思います。詩集全体を通して底に感じられたものは、「心の奥底の欠けた部分」なのでは、と気づきました。

ただ、一冊を通して心に「欠けた部分」があることを詠うだけでは、詩集としては物足りないものとなっていたでしょう。まるさんのこの詩集のさらにレベルの高い理由は、作品「閃光」に見られる一節でしょう。

波際を歩き続けて　だんだん
キルトの可愛いバッグを
手に持っているだけで幸せになり
特に何かしなければならない
などとは露ほどにも考えなくなる

「閃光」というタイトルと相まって、日常の風景の一つの中で、突然現れた幸せの瞬間。思いが解放されたような幸せ感。「身震いしたあの時間」とも描写されています。これを読んで私は、W. B. イェイツの有名な一節をも思い出しました。ロンドンのカフェで、1冊の本とカップを前にして一人座り、周りの人々を眺めていたイェイツは、なぜか突如、言いようのない幸福感に包まれ、身体が燃えるような幸福感に包まれたのでした（「動揺Ⅳ」"Vacillation Ⅳ"）。

これは、所謂「至高体験」（Peak experience）であり、最近の俗な言い方をすれば「ゾーンに入った」状態です。例えばスポーツでも芸術でも、一流と言われる表現者の演技、作品には、必ずこの「ゾーン」、「至高体験」の幸せ感が現れるのです。そして、今回のまるさんの詩集の中でも、先ほど触れた「閃光」の一節の中に、この言いようのない幸せ感、「至高体験」が確かに表現されていると思います。一方で「心の奥底の欠けた部分」を底流とした雰囲気の中で、人生のそうした部分を埋める幸福感、そしてそれが日常の「ひとかけらのできごと」から生まれるものだ、ということを示したこの詩集は、間違いなく一流の表現、芸術であると言えます。「予鈴」というのは、「心の欠けた部分」に幸せが突如現れるときの知らせなのでは、と思います。

まるさん、この意義深い一冊をありがとうございました。

（岩）みなさま、本当に心のこもったスピーチをありがとうございました。＊各位に細やかな花束贈呈。

＊以降は、その時の雰囲気を伝えることだけを目的としたフィクションです。それぞれの詩人の発言にはおおいにフィクションが混ざっています。ここに失礼を深くお詫びしつつ、敢行します。

（恭仁）せんせーい、何か、ヘンな紙、花束についてます！深海詩人賞って書いてあります！何ですか～

（平居）あ、岩村さんありがとうございました。大切なこと忘れていました。詩集を出された皆さんに、僕が〈賞〉を差し上げるとしたら、こんな賞だな、って思ってお祝いのメモをしましたよ。一挙に発表しますね！じゃじゃ～ん！

❀Ｌｙｒｉｃ　Ｆｅｓｔａ賞

聖さん詩人賞　川鍋さく
生活思想大賞2020　畑章夫
異界突破賞　山村由紀
奇想詩人賞　マダムきゃりこ
深海詩人賞　恭仁涼子
天空詩人賞　前田珈乱
ペンギン文学賞　まるらおこ

（畑）なんか、僕のマジメやなあ　笑

（平居）みんなマジメなんですって！ちゃんと説明しておきましょう！「聖さん詩人賞」の川鍋さんは聖（ひじり）のように気高い詩を書く半面その世界に～さん！と気安く呼びかける様なアンバランスがある。そのギャップ感が紛れもなく受賞根拠です！

（川鍋）まあ！

（平居）次に、畑さんにはマジメな賞ですが（笑）、生活詩だけれどちゃんと思想がある、思想があるけれどスローガンじゃないという、日常を描いてゆくための大切な新しい方法だと思うんです。（畑）いや～

（平居）山村さんは「異界突破」。ごく普通の生活世界の中に見える綻びがこんなにたくさん存在すること。普通にあっちとこっちが混在していることを実感させてる久々の詩異界大作ですね。（山村）えっ！

（平居）「奇想詩人賞」のマダムきゃりこさんは、そのままですね。ほんとにブラックなのに色とりどり、にもかかわらずお洒落な世界を示しています。きゃりこワールド全開といった趣でした！

（マダム）えへん！

（平居）恭仁さんに賞というと変な感じなんですよ。なぜなら何処にいるのか分からない。深海にいつもいるのですから。海の底で考えているという感じの、地上にはない不思議な味ですね！

（恭仁）きゃ～

（平居）前田さんには絶対これ、というのが「天空詩人」の称号ですね。酒におぼれるより珈琲に溺れよ、という発想自体、ペンネームからして「天空」の人です。今後も期待していますよ！

（前田）むむ。

（平居）まるらおこさんは「ペンギン文学賞」。ペンギンはお人形みたいだけど骨格はちゃんとした鳥。一見ユーモラスで遊び多いまるさんの詩をレントゲンで見ると硬派な詩の骨格が見えます！

（まる）きょんっ！

（平居）今、世間には詩の賞がたくさんあります。地方自治体が主宰するもの、詩の親睦団体が出すもの。多くの投票で得るもの。それぞれの賞に応募して評価されることは非常におめでたいことです。詩集を出されたかたは、是非、いろいろチャレンジしてみるのもよろしいでしょう。ただ賞を獲るために詩集を出しているのだという倒錯に陥りませぬよう。本日、ご紹介いたしました賞は、あくまでも、平居謙が賞を出す立場にあれば、という話であります。しかし、賞を出す立場にあるとも思っています。賞金は出ません。今回受賞してしまった重荷を背負って人生をお過ごし下さい。笑

↓この似顔絵は当日の忘れ物でした。誰だろう、あまりにも当日の雰囲気をよく現わしているので、持ち主を探して許可を得て掲載させていただくことにしました。描手はスピーチもしてくださった武谷さんと判明。ありがとうございます！

草原詩社

出版案内　4

山村由紀『呼』

川鍋さく詩集『湖畔のリリー』

詩集評（編集部／杉本真維子／ヤリタミサコ／小川三郎／秋吉里実／藤井五月／荒木時彦）

『記憶の鳥』『風を刈る人』『青の棕櫚』と時期を追うごとに深まりを見せる著者の〈非在の存在〉へ愛。言葉で見えない世界を描き出すことが、きわめて自然な形で成されているこの詩集はこれまでになく散文詩も多い。詩が表面的な感覚ではなく、強い世界把握力によって書かれるべき時代に来ていることを象徴する１冊である。この詩集を読まずして、令和以降の詩を語ることは全くの無意味である。寡作の詩人が丹精込めて作り上げた必読の 19 篇。

あとがきで山村自身はかつて日本の家庭電話が個人宅には少なく、住所録などに（呼）という印がついていたこと、また彼女自身の住所録に長くその印が付いていたことなどに触れ、「呼」の文字自体への親和性を記している。その上で次のように書いている。「呼んでいる。呼ばれている。実際に会うことがなくても、人は人を呼び、人に呼ばれている。この世を去った人にも、見知らぬ人にも。（あとがき最終段落）」中国語の「叫び」とはまた別の意味で、詩集の内容に即したタイトルであると感じている。筆者もまたこの詩集に「呼」ばれこの詩集を「呼」んだ者の一人なのだと今改めて確信するに至った。

（論考「失われた存在への眼差しと共存」より　鄒乃馨）

詩集評　前半（加瀬健一／清野雅巳／関根悠介）＿後半（高菜汁粉／にゃんしー／湯原昌泰）

2020 年4月刊行。静かに湖畔に佇む生。あくまで詩の原点を一途に見据えた川鍋さく待望の第1詩集。読み進めると、純粋なイメージに加えて、悪戯っぽいまなざしや、トンデモ発想なども見えてきて、神様さえも困ってしまうこと間違いなしの、必読の書。

・優れた詩の多くがそうであるように、川鍋さくの詩はストーリーに頼ることがない。ストーリーが描かれているにせよそれは、単なる枠組みに過ぎない。難しい言葉は使われていないのに読んでいて途惑うことも珍しくない。独特の感覚が滲み出ていて、それ自体が詩を形成している。その感覚に馴染んでゆくことが彼女の詩を読むという行為である。（平居謙）

・彼女のポエジーの真骨頂は、単にそれら情緒的なファクターに導かれる作品ではない。どこかユーモラスで、とるに足らない存在を介し、彼女のコトバは自由に弾むように息づいているではないか。　（「草原通信　1」より　福田知子）

・等身大の身体感覚のなかに、それをはるかに凌駕する自然や宇宙といった途方もない存在を、何の躊躇もなくインストールする。いかに仮想現実的なイメージであっても、まるで実写のように振る舞わせて、読む者を強烈に引き込んでいく。それを可能にするのは、まさに川鍋自身による「引力」だ。

（「月刊　新次元　」35 号より　加勢健一）

Soul

Lyric 魂

細見和之

一九六二年兵庫県丹波篠山市生まれ、同市在住。大阪文学学校校長、京都大学教授。
この一年は金時鐘さんの詩に曲を付けることに専念して、七曲を仕上げた。

銀行員

わしはけっこう真面目な銀行員やったけどな
休みの日には近所の子どもらに柔道と書道を教えとった
柔道では朝早くから子どもらを裸足で走らせとった、真冬でもや
いまやったら親がうるそう言うてくるやろな
書道は家の裏の座敷で折りたたみ式の長机を並べてな
小学校一年から中学生ぐらいまで、けっこう集まっとったで
そうや、短歌もやっとった、俳句やっとるのは何人かおったけど
本格的な短歌いうたらあの町でわしひとりやったんとちゃうか

都会の結社の仲間からは「歌わぬカナリア」呼ばわりされとったけどな
わしがめったに作品を雑誌に載せんかったからや

こっちに来たらもう歌人、俳人、ごろごろおるで
季語が使えん言うて、俳句のやつらはこまっとるけどな

なんやて、詩ーてか、あんた詩ーが好きなんか
詩ーなあ、縁がなかったなあ

（連作「町のひと」のうち）

山村 由紀
二〇二三年は詩作に時間を費やしたいと思っています。
HP「空想曲率」https://sheep6633.wixsite.com/2018

百日紅

わたしたちはあの頃毎月集まって
自分たちの書いたものを
読み合って話し合って探り合っていました

あの日の作品は完成しませんでした
朝　最後の一行を言われた通りに直そうとしたら
裏庭の百日紅の赤い花が風に吹かれ

部屋にいるわたしの目の前にぱらり　落ちてきたのです
花片には水滴が付いていて　それで　外は雨が
降っているのだとわかって　それなら近くの海も

雨のはず　目をつむると
水滴の落ちる海を　正六面体の貨物を載せた船がゆっくり進み
大橋の下で止まって　ぼんやり　影になっていくのが見えました

岸から貨物に書いてある文字が読めました
不思議でしょう　こんなに離れているのに
「ＫＯＹＡＢＩ」　そう　確かにＫＯＹＡＢＩとありました

橋の下の影は靄がかかり　もう船ではなくなり
貨物の文字もわたしもただの靄になり
同化したのか　終わってしまったのか

夕方　裏庭の百日紅の前に立っていました
右腕がぐっしょりぬれて　くすり指からは血がにじんで
そのうえ　はだしで

折口立仁

学生時代より演劇・小説に親しむ。
二〇一九年度詩と思想「現代詩の新鋭」　現在長編詩人論執筆中。

南の果てまで

御堂筋からアメリカ村に抜ける途中に
日宝三ツ寺会館はある
地下一階地上四階
奇怪な酒場がぎっしり詰まっている

スナック「アミーゴ」は地下にあった
消え失せて二十年
しかしビルの看板には残っている
看板はほとんど書き換えられていない
このビルに今どんな店があるのか
そんな一覧表はどこにも存在しない

狭い階段をゆっくり降りて
かつての「アミーゴ」のドアを開く
今はショットバー「K……」

—きょうは遅いですね
もうすぐ午前四時
ジェムソンの水割りが出てくる
いつもどおりの氷抜き
—ダークスーツは珍しいですね
…わが人生の喪服だよ

何の変哲もないこの店とも二十年
…もう春だけど明け方は冷え込むね
—あしたから四月ですが明日はお休みですか?
…もう四月だよ。これからずっとお休みさ
—ご退職ですか?　じゃあ一杯おごります
…もう十分。送別会はすべて無料でね

黙ってカンパリソーダが置かれた
飲み過ぎですよの合図

―「アミーゴ」のマスター、おととい来ましたよ
…どうしてる。元気だったかい
―奥さんを亡くしたらしいです
胃に効くというカンパリを口に含んでゆっくり飲む

…このビルも今じゃミナミの街の名物だね
―若い人ばっかりであきません。もうぼくも四十でね
…そうかい
―「桃色宇宙」とか「地獄」とかいう店ができましてね
…「K……」はあかんの?
―横文字なんて古いんです
…じゃあ「修道院」なんてのはどうだい

マスターが時計を見たのを合図に席を立つ
―またごひいきに
…生きてりゃね
ひび割れの目立つコンクリートの廊下に出て
湿った階段を踏みしめて地上に浮き上がる

人生浪費の共犯者だったこの街の
冷えた大気が暖まっていく
舗道から湯気の立つ朝だ
街の臭いが目に沁みて涙が出る
大通りは静かで空は明度を上げていく

自分が都会の一部だと錯覚する
剥がれ落ちたら街も悲しむと錯覚する
それが酒の最悪の毒性だ

ターミナル駅から
南にしか行けない始発電車が出る
どこまでも南の果てまで行きたいが
迷ったふりをして
いつもの駅への切符を買った

マルコム・シャバスキー

一九六一年生まれ。三等書記官のチャリンスカヤさんが恋人のポーランド人と第三国に出国して行きました。幸せを祈るばかりです。

小鷺　特別編

夜来　雨風のつづき
雷《いかづち》は轟き
大滝のごとく水は落ち
見る間に溢れし濁流の
棟《むね》を潰し、押し流し
人、鳥獣《とりけもの》、さらぬだに
家、堂、荷車、塔、
水にのまれてかげも無し
余のとまるべき梢もつきて、
田、畠《はた》、草原《くさはら》、海のごとし
卒然　轟音《ごうおん》の響き

山崩れ　地裂け
連なる山々　悉く火を噴き
柱となりて天を衝く
黒雲渦を巻きて
稲妻網のごとく走り
昇りし断崖の岩を降らし
押し寄せたる怒涛は
地と水を果てなく攪拌す
余の羽は千切れ
嘴は失せ
盲しひとなりて
死を待つのみ
是生滅法《ぜしょうめっぽう》の訪れり

余は御文を誦《ず》したり
「われや先　人や先
今日ともしらず明日ともしらず、
おくれさきだつ人は
もとのしずく
すえの露よりもしげしといえり、
されば、朝には紅顔ありて、
夕には白骨となれる身なり」

無常のことはりをまぬかるる者なく
東の間　いづ方より生《あ》れしもの
いづ方にか還るらむ
いつまた　まみえるや定かならぬ
今生こそむなしけれ

秋吉里実
血圧計を購入しました。低血圧ですが、朝は強いです。
二〇一六年、第一詩集『悲しみの姿勢』上梓。

釘

釘が生えてくる
洗面所の床から
一本

ある朝
双葉のように突如顔をのぞかせ
クイックルワイパーの動きを妨げた

こ、
こりゃいかん、と
木槌で叩き引っ込めた
が、

二、三日すると
また生えてくる

その後も
生えては叩き
生えては叩き
生えては叩き
していた
が、
途方もない反復に
涙が出た

まぎれもなく
釘は一部だった

川鍋 さく

二〇二〇年、第一詩集『湖畔のリリー』出版。二人誌『Rin』同人。同誌にて「川鍋さくの宵酔日記」なる酒飲みエッセイを連載中。ブログ版『Rin』で展開中の「お家 de 読書会」にも参加。大阪芸大の必修科目で受講した講座「詩論」が原点。

asterisk

カスミソウを花瓶に挿すと
ふわっと
いきものの香りがした

昨晩から洗面台の中をうろうろしていた
微細な塵のような
淡い糸くずのような
小さな蜘蛛の身体が
知らぬ間に
水に流されて崩れている

＊＊＊＊本誌編集　平居謙担当

熱血！詩人6大講座　＊＊＊＊

講座は全て　同人以外の方もご参加いただけます

tobuinu2006@yahoo.co.jp までお問合せください。

＊京都力講座

JR 京都駅徒歩 3 分　キャンパスプラザ京都　毎月第 1 土曜日 14 時 30 分～17 時50分 2 階第 2 会議室。様々な名作を読み、京都の魅力を遊びつくす。

＊京都りり Q

JR 京都駅徒歩 3 分　sence2003～　キャンパスプラザ京都　上記社会人講座「京都力講座」に合わせて開催の楽しい合評会です。毎月第 1 土曜日 18 時 10 分～19 時 40 分

＊NHKカルチャー京都

「詩を書こう・詩を読もう」のタイトルで、2003 年来継続されている今や伝統ある創作講座。詩集を出す詩人たちが続々誕生。

＊夕方《you gatta》POEM

新型コロナ期に自然発生した ZOOM によるリモート合評会。千葉県から沖縄県までさまざまなメンバーが集う。

＊大阪文学学校　通信講座

小野十三郎を創始者とする大阪文学学校の詩・エッセイ専科／研究科担当。大阪リアリズムを体験するなら、ここしかない！「平居クラスに入れやがれ！」と今スグ TEL を！

＊TOKYO 未来詩史研究会

新しい詩の未来を探る研究会。『平成詩史論』をテキストに、24 年第 1 回研究会発進予定。乞うご期待。

高菜汁粉

一九九三年生まれ。大阪芸術大学文芸学科卒。
昨年、息子が産まれました。

流転

君という生命が
まだ存在しなかった頃
私の人生のゴールは
すぐそこにあると信じていた

君の誕生と共に
受動的な死は
能動的な生に
書き換えられていった

ピカピカな魂は
薄暗い場所に隠れていた私を
明るく照らしていく

心に溜まった澱は
この先もきっと消えないだろう

けれど
幸せをここに定義しようか
ずっとここではないどこかに
行きたかった私の

端午

強くあれと
願いを乗せて
被せた兜が

足枷になる日が
来ませんように

どうあっても
ただ正直に
生きてくれればいい

歩んでいく道が
敷いたレールと
大きく違ったとして

許せる私でありたい

今はまだ何も
わからなくても

ねまる

一九八一年生まれ。鈴木志郎康さんがずっと好き。
お墓参り行く予定。ペットを飼い始めた。

師匠集　抄（2014〜2022）

これくらいふわぷにゅ師匠（2022年12月）
しごろさいゆめきち師匠（2022年12月）
くあむ亭ぽちうす師匠（2022年8月）
ミーンスラッシュ バック師匠（2022年4月）
一瞬停気づ忘れ師匠（2021年11月）
笑福亭たえちゃけいちゃ師匠（2021年11月
雲丹迫竹竹（うにせまりちくちく）師匠（20
蒂燕屏屏（べたつばめびょうびょう）師匠（
豪雪ちょんまげ師匠（2021年4月）
ソフトスカルプチュア師匠（2021年4月）
空気亭レスポンス師匠（2021年3月）
虚血亭アンセム師匠（2021年1月）
アルデン亭本籍師匠（2020年12月）
純あまえび師匠（2020年11月）
砂礫底イグナショフ師匠（2020年9月）
ローション亭ペチカ師匠（2020年8月）
宮川鎮撫宣撫師匠（2020年8月）
レイニーシャイニー師匠（レニシャイ師匠
ロリ寓喩レスポンス師匠（2020年2月）
だすたびーにゃ溜まる師匠（2020年1月
嗜虐師匠（2019年5月）
心理植木（2019年4月）
なくてよくて師匠（2019年2月）
エゴマ＝デマゴーグ師匠（2019年1月）
プリンシパル師匠（2019年1月）
合合目的的師匠（2018年10月）
朗らか債＆うらら師匠（2018年9月）
ぷりわた師匠（2018年9月）
じゃっすんとぅりっそん師匠（2018年0
さき のばしとばし師匠（のばとば師匠）
見入るバイバイす師匠（2018年7月）
有鄰亭ど下ネタ師匠（2018年2月）
あさやけ にっちもさっちも師匠（2018
回復没落なんか忘れた抽象的師匠（201

知られる 跋扈師匠（2018年1月）
カクカク叱叱師匠（2017年12月）
ロンダルキアルッキンフォー師匠（2017
ゼーゼマンスタイル師匠（2017年11月）
ライラック亭ヘゲモニー師匠（2017年10
ぺばまげへな師匠（2017年10月）
ケルビン・ヘルムホルツ不安定症候群師匠
イノセン亭スカムとんぼろ師匠（2017年1
ペイズリーホバークラフト師匠（2017年0
ぽきぽきパリジェンヌ師匠（2017年9月）
オニキスプライマリー副師匠（2017年9
プライマリーオニキス師匠（2017年8月）
ラグジュアリーネメシス師匠（2017年6
飛来インスポろくすっぽ師匠（2017年5
高円寺茶渋師匠（2017年5月）
トロイメライ師匠（トロメラ師匠）（201
誤嚥亭ジャグジー師匠（2016年11月）
calm 亭 calc 師匠（2016年10月）
ソレノイドニールヤング師匠（2016年10
シークレットマフィン師匠（2016年9月）
みしし師匠（2016年8月）

音のない師匠（2016年7月）
さぎてぽきて師匠（2016年7月）
状況院ぼしゅろむ師匠（2016年6月）
きたあたたがわ師匠（北夙川師匠）（201
アンナ＝パンパース師匠（2015年3月）
うばたま亭ポーション師匠（2015年2月）
マニキュア亭五十音師匠（2015年2月）
テンザ婦（2014年12月）
風采レッソサス（2014年11月）
国ひじきすとんぴん宙返り師匠（2014年
ひとこい師匠（2014年9月）
ねぶるねぶる師匠（2014年7月）

草原詩社　詩の本

（本誌同人のもの）

秋吉里実　『悲しみの姿勢』＊
荒川純子　『Viva　Wife　Viva Mother』
荒木時彦　『静かな祝祭　パパゲーノとその後日談』
　　　　　『フォルマ、識域、その歩行』
　　　　　『〈非〉の兆候、およびマテリアについて』
岩村美保子『夕べの散歩』
岡村知昭句集『然るべく』
河上政也『美術館へ行こう』
川鍋さく『湖畔のリリー』＊
恭仁涼子『アクアリウムの驕り』＊
タニグチイジー『Love　Song』
関根悠介『ぶひゃひゃひゃひゃ』
ちんすこうりな『青空オナニー』『女の子のためのセックス』＊
畑章夫『猫的平和』
福島敦子『永遠さん』
丸米すすむ『剥離骨折』
前田珈乱『風おどる』＊『氷点より深く』＊
マダムきゃりこ『Rendez-vous』＊
まるらおこ『つかのまの童話』＊『予鈴』＊
南原魚人『微炭酸フライデー』
湊圭史『硝子の眼／布の皮膚』
矢板進『近隣のキリンとその砲身の長さ』
山村由紀　『豊潤な孤独』（詞華集）『呼』＊

＊印は、人間社×草原詩社コラボ企画

Jungle Dream

南原魚人

詩集「微炭酸フライデー」（草原詩社）、「TONIC WALKER」（土曜美術出版販売）
断捨離しなければという強迫観念を断捨離してやりました。

ななしちゃん（前編）

ななしちゃん

ななしちゃんが
発見されてから3か月が過ぎたが
まだ、
ななしちゃんに名前を与えていない

いつものように
ベランダに猫缶を置いていたら
それを食べにきていたななしちゃん
警察に連絡しようとしたら泣き出した
それからすっかり居ついてしまった
ななしちゃん

AMラジオ

「続いてのお便りご紹介しましょう。
ラジオネーム
ななしちゃんからのお便りです。

『私には名前がありません。
ルームメイトのなありくんは
なかなか名前をつけてくれません。
DJテンガロンハットさん、
どうしたらなありくんは
名前をつけてくれると思いますか。』

ななしちゃん僕は

ＤＪテンガロンハットじゃなくて、
ＭＣネジリハチマキだよ。
まずは人の名前を覚える事から始めようね。

では、続いてのお便りです。」

トンネル

いつも歩く
駅に向かう途中のトンネルには
壁面にメッセージが書かれていた。

『今すぐ
ななしちゃんに
名前をつけないと
学校を爆破するぞ
ごめん、言い過ぎた
学校は爆破しないけど
すごくひどい事をするぞ
きっと後悔するんだぞ
あまり痛い事はしないから
安心するんだぞ
あとこのメッセージを見たら
ちゃんと迷惑にならないように
消しておくんだぞ』

脇にはバケツとモップが置いてあった。

オウムは入口の横にある
別の棚をしきりに覗き込む。
私は「変化なし」と
ノートに書き記す。
そして、オウムを呼ぶ。

もう一度
試験管の中を見る。
犬がいる、
それを確認して
私とオウムは
理科実験室を出ていく。

タニグチ・イジー

奈良県在住。詩集『Love Song』（2007 年・草原詩社）。これを書いている今は真冬ですが、低体温ですっかり冬眠状態です。

定期観察

長い廊下を進むと
オウムがついてくる。
ドアを開けて
理科実験室に入ると
試験管立てに試験管が
一本だけ立っている。
その試験管の中にいる
小さな犬、
大きな耳を垂らして
寝転がっている。

虫眼鏡を取り出して
その顔を観察する。
安らかな寝顔、
まだ何が起こっているのか
よく分かってないのだろう。
私は朝との違いを調べるが
犬は何も変わっていない。

荒木 時彦

一九七二年生れ。京都市在住。二〇二二年六月に、『under construction』（アライグマ企画）を上梓。好きな詩集は、江代充『黒球』（書肆山田）。最近、日向坂46と櫻坂46のファンクラブに入った。推しは、金村美玖さん、森田ひかるさん。Lyric Jungle、Aa 同人。

カバの歯

最近、詩を書く時のテーマが定まらなくなっている。必ずしも、テーマはなくてもよいのだが、あったほうが書きやすい。最近気になったことなどを書くと、それはエッセイになってしまう。改行したところで、それは、改行したエッセイでしかない。もちろん、所詮、それはジャンルの問題でしかないのだが。比較的書きやすいのは、ブロックを先に決めて、そこに文章を入れ込んでいくやり方だ。ブロックに分けると、関係のない物事を書いて、それを適当に配置すれば詩っぽくなる。詩も、書いていくうちに、書き方が変わっていく。

＋

二〇二二年、年末
京都の自宅の近所では、雪が降らなかった
北陸自動車道では、大雪が降り、車が動けなくなっているらしい

＋

毎週日曜日の深夜に、テレビ東京で、「日向坂で会いましょう」というアイドルバラエティーがオンエアされている。京都では見られないが、ネットで見ることができる。僕は、この番組を見て、日向坂46のファンになった。もともと、芸人のオードリーが好きで、土曜深夜の「オードリーのオールナイトニッポン」を毎週聴いている。その中で、アイドル番組のＭＣをやることになったという話になり、気になって見始めたのだ。メンバーが多いので、最初は名前と顔がわからなかったが、毎週見ているうちに、それぞれのメンバーのキャラクターがわかってくる。ＭＣのオードリーが、それを把握して、うまく回すのが面白い。

＋

しらす丼が食べたい。

湊 圭史

愛媛県松山での暮らしももうすぐ4年、Time flies like an arrow; fruit flies like a banana. です。
2020年から川柳活動中心でしたが、自由詩ももうちょっと多く書こうかな。

蛸

目の表面がすこし爛れるような感覚があって、
何もしない時をしばし過ごしている。
しなければならないことを離れた、でも目の届くところで
ころころ、ころころしながら、
あちらこちらに視線を揺らしていると
助けてください、というところに線が引かれている。

その線は枠の一部だ。

絵心がないので、四角く真っ白な平面があると、どこに
最初に着地していいのか分からない。
むしろ真っ黒に塗られていて

アメーバ状になった私の目が這ったあとをぬらぬらと残し
別の着地点をつくり出すのがよいなあ、
闇のなかのかすかな匂いのように。

痛ければ痛いと言う、当然のはなし？

最後の授業なので、ひとりひとり前に呼んで
課題に簡単にコメントをしながら、学生に雑談させている。
話題や話題のつながりが球体として
光ったり、ふくらんだり、破裂したりしている。
いちばん遠くに座った者どうしも
意外に太くて切れにくい糸、ロープでつながっている気がする。

お前は枠の外だ。

その王国には宮殿から八方にのびる街道があって、
人びとはそれ以外の無数の血管のような小道を忙しなく
行き来して暮らしていた。
王国には勇者も、賢人も必要なかった。
ただひとり必要なものは愚者であった。彼は
頭を剃り上げられ、王と呼ばれて、蛸のように口を尖らせていた。

矢板進

1974年生まれ。京都市在住。本町エスコーラメンバー。地域・アソシエーション研究所事務局。

昨年より詩誌「オオカミ」に参加。

時の隙間

憧れの直島旅行は最悪だった。京都からクルマで4時間で行くはずだったが、ナビのルートが悪かったのか、岡山インターから宇野港フェリー乗り場まで大渋滞になっていた。結局6時間ぐらいかかったが、もうそのときは島に渡ることに必死で、浮かれてしまって時間もなにも考えていなかった。島に渡り、草間弥生のかぼちゃの穴から首を出したり、引っ込めたりしながら、ひと通り戯れ、写真も充分すぎるほど、馬鹿みたいにぱちぱち撮って、さあ、何処から見ようといったときにはもう夕方で、いざ、駐車場にクルマを停めて、美術館に向かおうとしたときにはぎりぎりで、帰りのフェリーがなくなるのに気がついた。大急ぎで走って、帰りのフェリーには乗ることができたが、なんのために高いフェリー料金を払ったのか、解らない。ただ無邪気に赤いかぼちゃと戯れに行ったようなものだった。宿の関係で帰りは徳島に向かう。島へ行くには来たルートと違うルートを使う。言い忘れたが、直島に来るフェリー乗り場では、そのことを忘れて、往復のチケットを買ってしまって、払い戻しをしたのだった。帰りは四国は高松港へ廻る。高松港の夜景は綺麗で、別に頼んでもいないのに息子のTが「夜景が美しいので将来の夢や悩みを打ち明けてもいい」と言った。しかしながらモゴモゴと口籠っているあいだに高松港へ着く。帰りのクルマのなかでも悩みについて聞き直すのだが、そんな気分じゃないと結局、聞くことが出来なかった。翌日は前日の反省もあって、早くに宿を出た。地中美術館のなかには階段の踊り場に大きな黒い石の球があった。転がってくるような、転がっては来ないような、黒い球があることで緊張感が部屋に充満していた。近づくとぼくの顔が映った。そのことが一層、危機的な雰囲気を駆りたてた。危機がぼくの内部に映り込み、息子の不安と繋がっていくようだった。内容は解らなくても血は繋がっている。帰りのフェリーは雨が降っていた。水面と空は同じく、緑を帯びた暗い色になってただ水平線だけが違う色だった。今まさにあの部屋の黒い球がほどかれていっているゴム紐のような黒い線だった。ぼくはゴム紐に手をかけてジャンプした。すると空と海のあいだに頭が突き刺さってしまう。目を開けると空と海のあいだには時から置いてきぼりにされた丸い石がたくさん転がっていた。そこら辺で拾ったような石は胴体を失っていたが地蔵だった。かたちはそう見えなくても、ぼくには地蔵だと解った。時の地蔵が座禅を組んでいる。時の隙間で無駄だった時間の鎮魂を祈祷している。ぼくは空と海の隙間に頭を突っ込んだまま、眼を閉じて瞑想した。唄ったことはないけれど、声明も唱ってみた。そのうちに首が痛くなったので、元のフェリーの甲板に降りた。遠くに瀬戸大橋が針ほどの細さで心許なく宙に浮いていていて、旅ってやっぱり得手不得手があるのだと思った。

藤井 五月

ツイッターで川柳を始めました。藤井皐と検索してください。

魚の目に映る

私が住んでいる家より遠い場所で
横たわる
音もなく　色もなく
顔の所々に斑点があり
ぎこちない曲がり方の
寝顔

海の中で目を閉じる
瞼に光
針は刺さった

タイドプールに沈んだヒトデを
小さな手は　拾ったんだよな

私は
初めて見つけたかたちの蟹を
手のひらの上に
逃がさないよう　半分　柔らかく閉じながら
ねえ　ねえ　見てえ
小さな目の前に　広げたんだよな

小さな海は透けて透けて透けて
（これがあの海になるなんて）

私たちが捕まえたものは
まず固まって　それから　動き出す
捕まらないものたち
餌に騙され　針を咥え　混乱した喉の奥で　血が流れて
やっと私は安心して
ぎこちなく
眠ることが出来るんだ

岡村 知昭

ミス＆ミスター

駅前でもらった
ミス・田螺コンテストの
チラシに書いてある
募集要項

年齢性別　不問
応募締切　八月三十一日
五年前の　八月三十一日

五年前の八月三十一日
それは
父を家に置いていった日

神を追い求めたあげく
田螺にひれ伏した父が
田螺の神に仕える
ミス・田螺を探しはじめた日

田螺の神に
いまだひれ伏す父は
今日も
息子のぼくに気づかないまま
五年前に終わったはずの
ミス・田螺コンテストの
チラシを配る

もう一度
チラシに眼をやる
父の手書きの文字は
大きくて　震えていて
渾身のキャッチコピーは

「田螺の女神が世界を救う」

だけど　今日
ぼく以外の誰も
五年前に終わったはずの
ミス・田螺コンテストの
チラシを
受け取ろうとはしない

◆草原詩社＆ Lyric Jungle 関係者
各賞受賞その他　(50音順)

荒川純子(詩集『デパガの位置』で歴程新鋭賞　2000年度)
尾崎与里子(詩集『城の町』でAgnes詩人賞　2004年度)
折口立仁(「詩と思想　現代詩の新鋭」選出　2019年度)
川鍋さく(「詩と思想　現代詩の新鋭」選出　2019年度)
木澤豊(詩集『幻歌』『燃える街／羊のいる場所』
いずれも小野十三郎賞最終候補　2008年度／21年度)
関根悠介(『ぶひゃひゃひゃひゃひゃ』で言語実験工房賞　2008年度)
三沢宏之(『青いペンの話』でGreen Award for Poetry　2004年度)
南原魚人(「詩と思想　現代詩の新鋭」選出　2011年度)
平居謙　(『燃える樹々(JUJU)』 小野十三郎賞最終候補　2019年度)
藤井五月(作品「0の子宮　その他」で現代詩手帖新人奨励賞　2006年度)
細見和之(『言葉の岸』でナビール文学賞　2001年度
　　　　『家族の午後』で三好達治賞　2012年度
　　　　『ほとぼりが冷めるまで』で歴程賞　2021年度　その他候補多数)
山村由紀(『呼』で土曜美術社賞　2021年度)

//

✿ Lyric Festa賞2023

聖さん詩人賞	川鍋さく
生活思想大賞2020	畑章夫
異界突破賞	山村由紀
奇想詩人賞	マダムきゃりこ
深海詩人賞	恭仁涼子
天空詩人賞	前田珈乱
ペンギン文学賞	まるらおこ

Petit Lyric

ぷちりりRETURNS

ぷちりり RETURNS

本誌初期の幻の名物コーナー〈投稿作品らん〉を復活させた。今回は、編集代表が詩の講座を持っている女子大学と芸大の学生の中からコトバの世界に挑む七人の新しい書き手に特別に寄稿したもらったぞ！本誌メンバー精鋭隊が、ビッシバッシと一表する。次号以降の投稿規定は本コーナー末尾をご覧ください☞

にょぽにょぽまる

一九九七年に七人兄弟の末っ子、長女として生まれる。大阪府堺市出身。某外大で学ぶも、新たな道をみつける。紆余曲折を経て、大阪芸大で詩に出会う。スナイパーの如く狙いを定め、突き進む未来。好きな食べ物はグミ。

「かぜ」

地面を蹴る
どこまでも
どこまでも
そんな気がした
そんな気がした

「想い手」

ここはどこ。
そうつぶやいた女の子
その手をひいて
こっちだよ
どんどんどんどん進んでく

チューリップ畑を通りすぎ
ひまわり畑を通りすぎ
コスモス畑を通りすぎ

わあ…。
そうつぶやいた女の子

夢中になってはなをみる

顔をほころばせ
ありがとう
そうつぶやいた女の子

まぶしすぎて
みれなくて
気づけば頬に
かすむゆき

ふり返ったその時に

バタッ。

ころんだおばあちゃん

ここはどこ。

そうといかけた男の子。
その手の中にあるものを
そっと両手で包み込み
まぶたをとじて
おもいだす

あなたととなりで
笑いあう

きみのとなりで…

…ぷちりり批評…………………………

新しい言葉遣いを試みていると受け取れる。短い行で書くことを意識しているようだ。二作目のように行を重ねて長い作品になると、七五調が目立ってくる。難しい挑戦だと思うが、数を重ねないと成功不成功は論じられないから、納得いくまで書いてみてほしい。作品ではないけれど、「スナイパーの如く狙いを定め、突き進む未来。好きな食べ物はグミ。」というキャッチは魅力がある。ぜひ新しい表現へのチャレンジャーになってほしい。（折口立仁）

「かぜ」。少ない言葉のうえに、言葉の選び方が、想像を大きく膨らませてくれる詩だと思います。地面を蹴ったときに起こる風、それにのればどこまでもいけるそんな気がした、と感じる瞬間がこんな短い言葉で表現できるのだなと。〈どこまでも／どこまでも〉〈そんな気がした／そんな気がした〉、読み終えたあとも気持ちのなかでリフレインする終わり方が好きです。シンプルで、いつまでも心に残りそうです。思い出しては口ずさみそう。（岩村美保子）

「かぜ」は、向かい風というよりも、追い風にのって駆け抜けていくような爽快感を感じました。「想い手」は、登場人物の女の子とおばあちゃんと男の子の関係性が気になりました。おばあちゃんが転んだシーンは、幼い女の子から見た表現であり、実際はただ転んだだけではないのかもしれないなと思いました。ラストのあなたときみは、誰を示しているのか、手を題材としており温かそうな雰囲気がありつつも、ミステリアスな香りがする作品だと感じました。（澳羽ねる）

最初の短詩「かぜ」は、止まらない勢いのことをこんなに静かな筆致で描ける力量に感嘆する。でもどこまでもいけるわけではないことを自覚している点も好感が持てる。二作目「想い手」は、文字通りのファンタジーだな。かわいい。途中少女だったはずの人物がおばあちゃんに変わるあたりにただならぬブラックのようなものさえ少し感じるが、出てくる男の子が孫だとすると、これは最初の少女の一代記か？などとどんどん読みは広がっていって、楽しい夢を見る気分になる。（平居謙）

Hinata de Flamenca

二〇〇〇年大阪生まれ。フラメンコダンサー。二月に航空関係の仕事をスタートした。学生時代ボランテイアで詩の原稿の打ち込みを手伝っているうちに言葉が頭を満たしてきて詩人になる覚悟を今固めている。

「虚無」

〈元旦〉
新しく生まれ変わる日
新たに新年が始まる日
時が経つのは一瞬で

過去の出来事へと変わってしまう
日が昇り新年が明ける
出会いと別れを繰り返しまた一年が終わる
一年に一度訪れる元旦
また新しい時代が始まる
空気がガラッと変わる
元旦とは不思議なものだ

〈新年〉
「初」日の出を拝む
「初」詣をする
「初」夢を見る
新年の季語には、たくさん初がつく
年が明けるということ
それはいつ、どんな時でも
初心を忘れてはいけないということだろうか

〈大晦日〉
大晦日はどうしてこんなにも寂しいのだろう
明日から新年を迎えるというのに
その準備さえできていない
まだこの年が終わってほしくないと思う
学生生活が終わる
そして社会人となる
私は、学生の頃に戻りたいと思うだろう
時が経てば
私は、社会人の頃に戻りたいと思うだろう
でももう過去には戻ることができない
私は、まだ学生のままでいたい

この感情はなんだろう
虚無感のような悲痛な感情と何か、

ぷちりり批評

学生を終え社会にでる期待と不安を元日、新年と大晦日とにかけているが、最初が「大晦日」でもいいのでは。美しい問い「虚無感のような悲痛な感情とは何か」を発端にこの感情探しをスタート、「初心を忘れてはいけない…」で終わると題名と裏腹で前向きな印象。「」使いは「初」だけでもいい。新年の気持ちは誰も同じ、作品の中で不必要な言葉を削ってみたら、きっとHinataさんの新年があらわれる。（荒川純子）

年越しって大きな節目であることを改めて感じさせられる詩だと思いました。詩の中に「空気がガラッと変わる」とありますが、まさにその通りで1日の差がものすごく大きく感じます。また、年越しもそうですが、学生から社会人になるのもガラッと空気や環境が変わると思いました。私という登場人物が、春から社会人になる学生であり、今後についての期待や不安などの様々な感情が混じり合い、何とも言えない感情として「虚無感」が生まれたのかなと思いました。（澳羽ねる）

過去、現在、未来と「虚無」は、解けぬ課題だと断定していいだろう。だが、興味の尽きない定番の課題だ。作者は、その謎の深さに対して33行を丁寧に重ねていった。「この感情はなんだろう／虚無感のような悲痛な感情と何か」それは、詩人の前に置かれた最も大切な最初の一行だと思う。作者のこれからの挑戦を多くの読者が見ている。どうか書き続けてほしい。（折口立仁）

まず、お名前がカッコイイなと思いました。ダンサーと詩。いいな！それはさておき、最初「元旦」「新年」と読んでいって「ごく普通の感覚だな」と感じました。ところがそのあとに「大晦日」が来たりするこの奇妙な展開！また、虚無感を直視するその態度に、凛としたものを感じました。厳しい世界観ことが詩の根源である、という意味においてこの書き手はこれからずんずん育ってゆく、そうあって欲しいと願っています。プロフィルにある〈溜まった言葉〉たちの萌芽が見たい！（平居謙）

森永いくら

二〇〇一年滋賀県生まれ。漫画家志望こじらせ「ギャップ萌え学」開祖。新しい仕事と詩に向かって邁進中

『晴れ』

目が覚めた 寝違えた

鳥は静か 煙に巻いたように灰色の部屋
枷はない 床にはもう用がない
目覚ましはまだ眠っている

「今日は晴れでしょう」

いつもは間違えない顔浴びも
いつもは吹き出さないケトルも
いつもは焦がさない目玉焼きも
全部 失敗した

「今日は晴れでしょう」

ボタンをかけちがい
水筒を忘れ
ああ あと腹が痛い
もう時間が無い

「今日は晴れでしょう」

外に出れば ざあざあと
大嘘つきに 傘をとる
よくもまあ。

傍目は不吉か 目がどよむか

まあいいか

おれ 今日で 仕事 最後だし

「今日は晴れでしょう」

『猫と朝』

ぐう
ぐう
ぐう

あ、お腹すいた。
たたた たたたたた
たた たたたた
た

まだ寝てる
起きろ

ばし 「何」
ばしばし 「まだ」
ばしばしばし 「はいはい」

よし、よし、よしよし

たん、ぴん
たたた たたた
たたた すり すり 「わかった、わかった」

来てるか、来てるな
こっちだこっち、こっち。

たたっ たんたん
たたったたっ たたたっ
すりすりすりすり 「まって、はい、はい」
すりすり、すりすりすり

ザラララララララララララララ
すりすりすりすりすり
すりすりすりすりすり「はい、いれたよ」
だだだだだ

ひゅ がっがぶがぶがぶがぶがぶがぶ
がっがっがっ ががが ふ ふう

たたたん たったったっ「もういいの？」
たたた、たん

ぐう　「ふふ」

『ゆめみまえ』

空気は作り物のいちご 芳香剤の働き
消灯した余韻を見届け 清浄機の音
布は擦れ、パイプの軋み 足を布団から出して
天井は墨で塗りつぶされた 明日は朝からか
明日の私へメモは残した
外出できるように 時刻 通りに

暗転

意識は星空の中
身体は空中か　それとも草原か
煌びやかな 音色のような 眩いような
スミレの花　私にはない別荘
空に列車　　ともに流れ星
朝露が　ひたりと　瞼に落ちた

そこに私どろり 精神 自我 溶けて

一体化し　消え　あ　れ

目覚まし

乱れた布団に現実を見ゆ。

ぷちりり批評

『晴れ』は、「今日は晴れでしょう」という言葉と、現実の生活の様子の差が面白いと感じました。「仕事　最後だし」で、最後だからどんなに悪いことが起きても許せるのかなと思いました。『猫と朝』は、猫の動作が上手く言葉で表現されているなと感じました。「もういいの？」の部分で、猫のきまぐれな所を演出しているように見えました。『ゆめみまえ』は、夢の唐突で脈絡のない様子が伝わってくるなと思いました。起きた瞬間は覚えていても、時間が経つにつれて忘れてしまいそうな儚さを感じました。（澳羽ねる）

出かけの朝、猫に起こされる朝、準備万端で寝た翌朝、いろいろな朝の一瞬がある。語尾のきれた言葉の使い方はテンポ良く、「今日は晴れでしょう」（目覚まし時計？）や猫との「」会話のような掛け合いは楽しい。だからこそ『ゆめみまえ』の睡眠部分の余白は、中途半端なもたつきを感じた。いくらさんの作品は軽やかでも静かでもリズム感が魅力なので、今後も次へ次へと読ませるそのうまさを生かしてほしい。（荒川純子）

言葉の中心的な意味とその滲み出し方を測り、読者の予測を外す巧みな言葉の選択をしている。リズム感も意識していて、とてもいいと思った。『ゆめみたまえ』を例にとると、「消灯した余韻を見届け　清浄機の音」「スミレの花　私にはない別荘／空に列車　　ともに流れ星」など、言葉の連携に工夫があり、独特の情景を生み出している。三作品それぞ

れの意欲的な試みが、成功していると思う。（折口立仁）

最初の『晴れ』は煙に巻かれた感じ。「今日は晴れでしょう」の繰り返しが非現実感を作り出す。『猫と朝』は音と猫とが混ざってゆく奇妙な感覚を感じた。こんな詩もありなんだな。『ゆめみまえ』は目覚まし時計も眠る朝の、まどろみの光景が見事に演出される。全てにおいてこの書き手の作品には不思議な色気の薄膜が張られていて、それをつん、とひと突きして中身をとろり出してみたい誘惑にかられた。プロフィルが謎過ぎて吹いた。邁進して欲しいものだと希ふ。（平居謙）

なつみんみんぜみ

一九九六年生まれ
特技／水泳・好きな生き物／魚

「雪のように」

さっきまでふっかふかな雲の中で眠っていたのに
ここはいったいどこだろう？

ぴちゃっ！冷たい！あっちへ行けー！
あ、待って行かないで！
みんな走って逃げて行く

しばらく経って
また目が覚めたとき
今度はゴロンゴロンと目が回る
やめて、僕を捻じ曲げないで！！

気がつくと
僕は僕でなくなっていた

にこにこ、ほっこり
なんだかみんな楽しそう

そうこうしてると
僕の身体に溶け出して
僕は僕に戻っていく

やがて僕は、この世を去っていくんだ

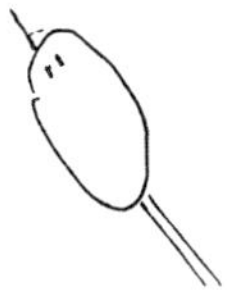

ぷちりり批評

命の始まりから終わりまでの詩と読みました。無垢な感じの始まりから、〈やがて僕は、この世を去っていくんだ〉という最後の覚悟の言葉へと向かっていて、うまく表現されていると思いました。〈僕の身体に溶け出して／僕は僕に戻っていく〉この言葉が一番好きなところです。自分の身体に溶け出して、自分に戻っていくとき、人はほんとうの自分を知るのではないかなと、そんなことを思わせてくれました。儚さだけに終わらない雪が描かれていて素敵だと思います（岩村美保子）

最後がとても淋しい詩だと思いました。〈死〉でとじる物語はすべて淋しい。しかしそれは悲しい詩だというわけではありません。すべての存在にとって〈死〉が必然であるように、この詩の中においても〈死〉が必然として書かれています。それ以上に、〈僕は僕に戻っていく〉というところに作品内で辿り着けたことがこの詩にとって幸せだということができます。リアルな視線を以て書かれたこの詩を生み出す力が、今後も作者によい方向を示してくれるように思います。期待しています。（平居謙）

僕という存在が、タイトルにある雪自身なのかなと感じました。上空が冷えて、雪が降りだし、降り積もって除雪されて、溶けていく。一冬の儚い雪の一生を想像しました。所々に擬音語が散りばめられていたり、言葉遣いから、僕の幼さや柔らかさを感じました。幼さを感じさせながらも、「この世を去っていくんだ」とあるように、僕はしっかり現実を見ているように思えました。お名前からは夏を感じさせるのに、雪の詩というギャップが面白いなと思いました。（澳羽ねる）

平易な言葉を使いながら、謎があり、読者を巧みに引き付ける。さらに、最後の一行は、「雪のように」というタイトルと共鳴して、作品全体を異次元に転換するテコになっている。明るい寓話だけでは終わらない別の深みが与えられている。このテーマは、無数の詩人が手がけてきたものだが、それだけに、自分の心の襞の深さが問われるものとして、挑戦しがいのあるものだ。別の作品も読んでみたいと思った。（折口立仁）

デイネイ

二〇〇〇生まれ、普段、文字数に縛りをかけた小説を書くのでそれのノリで書きました。文字数制限がないから改行とひらがなで柔らかい質感を出せた気がして満足です。

「雪どけ」

雪の日に出会った彼女に伝える
春になれば、それはきれいな花見の場がある
行こうぞ
彼女は笑う
あなたと見るこの雪原がすきです

雪の日に出会った彼女に伝える
夏になれば、それはきれいな花火を上げる祭りがある
行こうぞ
彼女は笑う
あなたと見るこの雪の月がすきです

雪の日に出会った彼女に伝える
秋になればそれはきれいな紅葉になる山がある
行こうぞ
彼女は笑う
あなたと見るこの雪の花がすきです

雪の日に出会った彼女に伝えられなかった
自分は冬が終わる頃には
いない
彼女は泣くだろう

あなたとずっといたいのに。

ぷちりり批評

短いですが、きっちりとしたストーリーを持った作品です。言葉づかいの柔らかさから最後に上手くいくという予定調和を感じさせますが、それを裏切っている終盤が印象をより深めているように感じます。語り手の「行こうぞ」という独特な話し方が「彼女」の自然な話し方と対比させられており、語り手が「彼女」とは違った世界の人物だと伝わってきます。独特な世界を持った質の高い作品だけに、最後の一行にもう一段工夫があればと感じました。（タニグチ・イジー）

最初に読み進めていた際は、彼女が冬の季節にしか会うことが出来ない、彼女との時間が、もうこの時期しか残されていないのかなと思っていたのですが、第四連で自分がいなくなるからというのを知って衝撃を受けました。この「いない」というシンプルな表現

がグッとくる部分だなと思いました。自分は先の楽しみを願い、彼女に「行こうぞ」と何度も語り掛けているが、彼女は返事をしません。自分はもう長くはないことから、彼女は出来ない約束はしたくないという意思を感じました。（澳羽ねる）

静かな雪景色のなかにいる一人の少女が浮かびました。雪は少女にあこがれ、春の、夏の、秋の美しさへ誘うけれど、そこには雪自身がいけないことがわかっている、そんなイメージです。それが連ごとにまとまっていて読みやすいと感じました。〈彼女は泣くだろう〉というところから、彼女も雪の降るこの景色をとても愛しているのだろうと思います。別れの詩でもありながら、タイトルの「雪どけ」にあるように、また出会える春がくるという永遠の詩のようにも思えます。（岩村美保子）

3連目まで繰り返される〈行こうぞ〉という言い方が好きです。少しお茶目に、ズレた感じの古風さもあり。それでも最後の連では伝えられない悲しみがある。作品内世界としては悲しみなのだけれども、読者としてはドラマチックに感じます。（読者はいつも冷徹なものですね）。アイラヴユーを「月が美しいですね」と訳する文学脳と同様の質のものを〈あなたと見る〜が好きです〉に感じました。小説を書くという事ですが、是非詩にも本格的に乗り込んできて欲しいなと思いました。（平居謙）

裕子

二〇二二年四月大阪芸大通信教育部
入学

「教室」

冷たい空気がほほをなで
暖かい陽射しが窓から差し込む
扉を開けると
ほわっと　暖かい空気につつまれる

少し　緊張

何年ぶりだろう
この景色に触れるのは
ホワイトボードにイレーザー
一瞬でもどる記憶

勉強はキライ
でも社会で生き残るには必要だと知った
無理やり詰め込んだ
辞めたとたんに忘れた

ひまになると不安になるのは職業病？
オンラインゲームも飽きた
何かしたい
でもわからない

とりあえず
見つけに行こう

ベルが鳴る
この緊張感が今は好き

ぷちりり批評

学生を一度体験したことのある人物が、もう一度学生になるというストーリーが脳裏に浮かんできました。「少し　緊張」の部分では、こちらにも緊張感が伝わってくるように感じました。何をしたいのかわからないままで終わらせず、まずは行動してみることが大切であることを改めて実感させられる作品だなと思いました。最終連の「今は好き」の部分からは、過去の自分とは違う気持ちであること、新たな学生生活への希望や期待感、ワクワク感が伝わってきました。（澳羽ねる）

一連目で、今いる教室が暖かで居心地がいい場所なのだと思いました。〈一瞬で戻る記憶〉とあるので、学生時代はそんなに遠い昔のことではないのでしょうか、その頃から今までの学びへの大きな気持ちの変化が、短い詩の中にうまく綴られていると思いました。〈ベルが鳴る／この緊張感が今は好き〉という最終連、この終わり方がいいと思いました。ここで学ぶのだという気持ちが伝わり、読んでいる自分も新しい道の前に立っている気がしました。（岩村美保子）

「教室」という場所に戻る場面と心情を具体的に描こうとしているのが伝わってきます。「教室」という場所に戻る場面ではその時に見たもの、感じたことを具体的に書いていることでその情景がはっきりと浮かんできます。心情の箇所はやや説明になっている部分もありますが、「〜職業病？」のような表現で独特な心情を表そうしているのが分かります。具体的な表現ができるのが伝わるので、最後の「緊張感」もその時の情景や心情が細かく書かれているとより深く伝わってきたように思いました。（タニグチ・イジー）

プロフィールにあるように、新たに学び始めた意気込みでしょうか。〈何年ぶりだろう／この景色に触れるのは〉とあるので、一度社会に出て再び学ぶ楽しさに向き合っておられるのでしょう。喜びと同時に緊張感も伝わってくる。こういう場所でしか感じることのできない気持が、空気を震わせるように読者にも伝わってきます。〈何かしたい／でもわからない〉と素直に口にすることは怖い事。でもそれを乗り越えて直視して、言葉にしたこの詩から、もう道が付き始めている気がします。（平居謙）

闇無地

闇 無地です。やみと書いてくらがりと読みます。ややこしいですね。根暗でも根明でもなく根昏です。最近、筋トレを始めようとしてやめました。甘味とカフェインがこよなくという感じです。よろしくお願いします。

「アオ薔薇」

遠い頃に色彩が消えた
沈殿する砂糖を掬い出せないまま時を消化した
スケッチブックに黒珈琲をぶち撒け続けた

そこにアゲハ
黒珈琲を飲み干すでもなくただ漂った
そのうち飲み込まれた

色彩が爆ぜて舞った

黒珈琲は破り捨てずにそのままにして頁を捲った

アゲハの後翅の青、蒼、碧
それが花に成り代わったのならば
スケッチブックの白にはこれが咲き乱れなければ意味が無いと

…ぷちりり批評…

珈琲とスケッチブックでなんて美しい作品が！滲んだ珈琲のしみが広がりアゲハの翅となり花に…下に染みてスケッチブック一冊が作品を成す。ぷち撒け続けた、爆ぜて舞った、とあるが静かな印象。時間の経過も魅力。タイトルの「アオ薔薇」を連想しにくいが「黒珈琲」への対比として「アオ薔薇」の描写が少し欲しい。最後もいい、読み手は自分の白いスケッチブックにどんな花を咲かせるのだろうか。（荒川純子）

この作品にはある種の力を感じます。それは破壊的なものではなく、高いレベルの創作を目指そうとするようなエネルギーかと思います。その一方でまだそのレベルに達しないことへの苛立ちのようなものも感じられます。現状では「スケッチブック」「黒珈琲」「アゲハ」という表現が、個々に存在感を発していると感じますが、それらが有機的に関係するようになるとより深みや強さを得られるのではないか思います。可能性が感じられる作品だと思います。（タニグチ・イジー）

珈琲とアゲハとスケッチブック。普通に考えると、どれも関連性を感じさせないもののように思えますが、この詩においては、色を通して上手く混ざりあっているように感じました。これらが融合した先に、アオ薔薇が咲いたのだろうかと考えました。詩の中にはいくつものあおという漢字が登場しますが、それらを使用することなく、タイトルは「アオ」であるところにこだわりを感じましたし、漢字では表現できないアオという色なのかなとも思いました。（澳羽ねる）

最後の2連、詩の終わり方に着目しました。きっちり何かを終わらせるのではなく、これから続いてゆく世界への期待というのでしょうか、意気込みだろうか。そういうものが冷静に語られています。作品の最初では色彩が詩面から失せていっていて黒珈琲（という表現もモノトーンだ）のイメージが全面を覆ってくる。そこに途中、〈色彩が爆ぜて舞う〉。この緩急の付け方が上手いのです。この書き手、文学作品を沢山読んで育ってきたのではないかと僕はそんな印象を受けています。（平居謙）

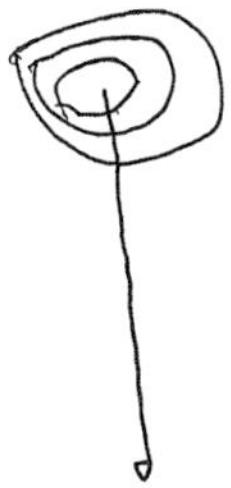

ぷちりり投稿規定

① ２０字×４０行以内の作品1篇。
② tobuinu2006@yahoo.co.jpに「◆ぷちりり投稿作品」という件名でメールに本文を張り付けて送付。ペンネームを必ずつけてください。ない場合は本名で発表。
③ 住所、氏名、年齢、職業、電話番号を明記すること。（これらの情報は非公開です。）
④ 採否の問い合わせ、誤植・不採用のクレーム等は一切受け付けません。
⑤ 投稿欄ではなく本誌メンバー加入希望者はメールで連絡してください。

草原詩社出版物 ①

旧草原詩社編（上）

◆詩集／詩関連書◆

『夕べの散歩』岩村 美保子
『ロプロプ』佐々本 果歩
『世界と戦う7つのレッスン』辻元 佳史
『H（アッシュ）』冨岡 郁子
『春の弾丸』平居 謙
『青いペンの話』三沢宏行
『美術館へ行こう』河上 政也
『城の町』尾崎与里子
『近隣のキリンとその砲身の長さ』矢板 進
『あたしと一緒の墓に入ろう』網野 杏子
『オリツバメ』遠藤志野
『硝子の眼／布の皮膚』湊圭史
『空にからだの船、青く』里都潤弥
『灼熱サイケデリ子』平居謙
『剥離骨折』丸米すすむ
『野原のデッサン』石川和広
『春っぽい、』水上寿恵

TOKYO

Tricky Queen 東京

長谷川 忍

一九六〇年生まれ。既刊詩集『遊牧亭』『女坂まで』他。

小詩集「螺旋」

侘助

湯島天神の賑やかな境内を抜け
急な石段を下りる。

細い路地に入る手前で
花を目にした
淡い桃色
閉じ気味の花びらが
曇り空と虚ろい合う。

立ち止まる人はいない
誰もが石段の上にある賑やかさに
顔を向けている
傍らを追い越していく。

花の名を知ったのは
最近のことだ。

以前にも見かけていた
立ち止まったことがあった
名を知り
含羞が湧き起こった。

出逢ったことの
寂しさか
柔らかさの内に孕んでいた危うさを
唐突に手放してしまったような。

境内には戻らず
広小路のほうへ足を延ばした。

今年は春が早い

一緒に過ごした日々を遡ってみた
形にすらならない午後もある
雲間から陽が滲んだ。

菖蒲橋

川にはかつて
洲があり
細い水路が縦横に流れていた。

橋を渡り終えると
貧しい町だ。

宵を迎えるたび
水は澱み
路地から消えてしまった人もいた。

町の先に川の本流が広がっていた
完成したばかりの清洲橋を渡った向こうは
深川界隈、そして
当時の新開地。

この場に
架空の町を作ろうとした男がいた
大正の終わりだ
卓上の淡い空想にすぎなかったが
あの世でも、この世でもない路地を
彼は文字で彷徨った。

洲は埋め立てられ
頭上を首都高速道路が走る
曇天の空が続いている。
水路はとうにない。

男橋、女橋、
菖蒲橋

橋には、なぜ名がつくのだろう
人間たちの思惑か
男も橋を渡ったか
消えてしまったか。

螺旋　―葛飾、水元公園

沼のほとりに
菖蒲園があった。

群青や
赤紫
淡い桃色
紅
寂しい白も

花びらは
どこか女の瑞々しい眼差しを
彷彿させた。
見つめられている
私も見つめ返す。

公園として整えられる前は
自然の沼だった
葦の繁った岸辺に
鏡のような水が湛えられている
かつて
作家はそう表現していた。

小説の主人公の死に場所を探して
彼女は
この沼に辿り着いた。
女を水に浸した。

澄んだ冷たさに
晒される
作家の思惑は、水の面と
しばし重なっていく。
初夏は巡るのではない

女の鋭利な漣の底で
螺旋を描くのだ。

果てたうなじと
菖蒲が
梅雨間の残照の下

ぬるい湿り気を増していく
その先に、何を捉えよう。

水無月。
花から眼を逸らした
色とりどりの眼差しが
短い追憶を抉った。

加勢健一

一九七八年、北海道三笠市大里に生まれる。神奈川県鎌倉市浄明寺に在住。「詩と思想」現代詩の新鋭。詩集「未少年」。森は彷徨うためにあり、湖は祈りを沈めるためにある。人はその血液と体液とを煮出して、詩歌を濾し取るためにある。

みつあみ

朝寝のまどろみ　はつ春に満ちる花がすみ
おとめの髪ゆらゆらと　互いにみつあみする
はらからの指先で

こ ろ な
こ ろ す
こ こ ろ
こ ね こ

三つの髪束を順繰りに結ぶ
三つ編みは密編みだもの
体を寄せなければ　心も通わないのよ
気持ちを重ねなければ　優しさは伝わらないよ

コロナよ
殺すな
心の
子猫を

ももとせ前のむすめ
曾祖母のみつあみせし昔も
ころりが流行ったんだって

ころり
ころべ
けろり
なおれ

いつの世も流行り病は　世間を無言で引きちぎり
やがて人の間に　社会的距離という無味の疎水が流れる
ヴィナスに目もくれず　ナルシスは花開き
ヴィルスに目配せすれば　魔巣食う外界をマスクが覆う

不要と不急のあわい　わずかな居場所に息ひそめる者よ
その豊かな御ぐしを今こそ　みつあみして予祝せよ

朝まだき　陽の光が目を射ぬうちに
病の幼生をズックに詰めて　はるか銀河系を登攀せよ
未知の病窟灼きつくす　灼熱の光冠《コロナ》を捜しに

世に多く　かど　あれど
すべての　角《かど》を
ころころと丸めるために
すべての　廉《かど》を
きらきらと清めるために

草原詩社出版物 ②

旧草原詩社編(下)

◆詩集／詩関連書◆

『静かな祝祭—パパゲーノとその後日談』荒木時彦
『迷子放送』 イルボン
『暗中』 足立 和夫
『生まれて』樋口えみこ
『Love Song』谷口-IZZY- 慎次
『Lyric Jungle 10』山村由紀
『京都ダイナマイト！』平居謙
『豊潤な孤独』 山村 由紀
『幻歌』木澤 豊
『フォルマ、識閾、その歩行』荒木時彦
『永遠さん』福島敦子
『微炭酸フライデー』南原魚人
『青空オナニー』ちんすこうりな
『ぶひゃひゃひゃひゃ』関根悠介
『〈非〉の徴候、およびマテリアについて』荒木時彦
『太陽と欲望』瀬川佳世子
『太陽のエレジー』平居謙

荒川 純子

近くの図書館が建て替えになり、パソコンも使えてＷＩＦＩもカフェもある。

休みの日はもちろん遅番の仕事に行く午前中も立ち寄らないと気がすまない、これは中毒だ。

そろりすろり

そろりそろり
すろりすろり
聞きたくて
午後の図書館へ行く

耳をすます
記憶の中
場面　会話　指先が
私を過去へと
ひきもどし

後悔させる

薄いページ
小さな文字のページ
左端の下の角を
親指でなぞり
その
そろり
そのすろり

あの日　あの時
私は目を背けて
他人のふりをした
そのまま私は他人になった

ページをめくる
ページをめくれば
もう一度会える
そろり
すろり

会いに行く

岩村 美保子

大阪芸術大学通信教育部文芸学科一期生。わからないまま乗った列車からなぜか降りもせず、行先も考えないまま二十年が過ぎた。現代詩がなにかまだわからないままだけれど、この列車の窓から見える景色がようやく楽しいものになってきている。

雪男

雪国を去る日
雪男を買った
荷物が重くなるのを承知で

だって
かわいくて！

それを見たともだちが
ほしい！と
けれど
荷物が重くなるのが心配だという
どうしよう

ほしい
どうしよう
どうしよう
彼女は迷う
買う
買わない
決まらない

このままでは
乗り遅れてしまう
雪男を買うぐらいで
悩まないでほしい
でもそんなこといえない
わたしだってあれを買うときは迷うもの
ひとのことはいえない

あー
待てない
背中をバンバン押したいわ

押すわもう
バン！
買っちゃいましょ！

それでも
なかなか決められない彼女だったが
乗車間際
ついに

雪男を買った

恭仁涼子

くに・りょうこ。一九八八（昭和六三）年生まれ。千葉県出身・在住。第一詩集『アクアリウムの驕り』（草原詩社）勉強したいことが多すぎます。分身したいです。

ブライユを讃えよ

知っているでしょ、ブライユ。
これがあたし。

●

嵌め殺しの窓を見つめて
あたしとブライユは寄り添っている。
ブライユが好きな飲み物を、いつもあたしが運んで
あたしはというと、いつも紅茶を飲んで
語る
あたしは毎日紅茶を残す。
ぜんぶ飲まなきゃ大きくなれないってブライユは言うけど、
体積が増すことに
いったいどんな意味があるのかしら？
おかしなブライユ。

ある日、窓の向こうに
ステンドグラスがあることに気づいた。
ねえ、あたしあのきらきらしい欠片がほしいわ。
そう、欠片。
ステンドグラスをまるごと？　いらないわ。
ばらばらになったものが欲しいのよ。
あとかたもなくね。
あとかたもなくばらばらになった潔いパープル。

●●

ブライユ、あたし結局、外の世界に
関心も未練もないのだわ。
広場から兵隊の靴音が聞こえてきて、
うんざり。
彼らのレッドは

ううんと淫らで
あまりに馬鹿馬鹿しいったらないわよ。

●●●

銃声。
俺がみんなを逃さねば、
ああ、そこの家の人——
ちょっとやめときな、兵隊さん。
そこの家の人はブライユから離れたりしない。
ほんと、馬鹿馬鹿しいったらないよ。
なにを言っても無駄なんだ。
彼女はブライユから離れたりしないよ。

●●●●

銃声、
と、
偉人。

●●●●●

ねえ、ブライユ。
あたしがあなたに、偉人の名前をつけたの
すこうしだって意味はないのよ。
ただ、ブライユって響きが気に入っただけ。
見て、レインボーの絵具で
窓の外のみんなをびっくりさせちゃいましょう。
慌てている兵隊から
銃ぶんどって
撃つ。
それがあたしの——

●●●●●●

あの家の老婆は狂人で、ずっとブライユのそばにいた。
物心ついたときから､ずっとブライユのそばにいた。
そう聞いている。

これがブライユか。
へえ、ずいぶん立派ね。

僕の背後の人が感嘆の声を上げる。
ブライユは観葉植物だった。
細いゴムの木だったのに
老婆がこの世からいなくなってから
広場の真ん中に移植されて
今では大木になっている。

よほど、念入りに手入れされているのね。

そうだろうか。
僕は、老婆の思いやりだと思う。
ブライユをここまでの大木にしたのは。
老婆は必ず紅茶を残したけれど
決して、ブライユの根元にはかけなかった。
ただ、水だけを与えた。
その小さな命を讃えて。

ブライユを讃えよ、なんて
この町の大人は
口うるさいほどに言うけれど
ブライユの隣の紅茶、
ほら、ふゆふゆと淡いブルーを立てていたはずだよ。

草原詩社出版物③

人間社×草原詩社コラボ企画編

『Viva Mother Viva Wife』荒川純子

『悲しみの姿勢』秋吉里実
句集『然るべく』岡村知昭
『女の子のためのセックス』ちんすこうりな
『つかのまの童話』『予鈴』まるらおこ
『風おどる』『氷点より深く』前田珈乱
『燃える樹々（JUJU）』平居謙
『湖畔のリリー』川鍋さく
『猫的平和』畑章夫
『呼』山村由紀
『赤い表札』春野たんぽぽ
『燃える街／羊のいる場所』木澤豊
『Rendez-vous』マダムきゃりこ
『アクアリウムの驕り』恭仁涼子

◆アンソロジー／句集／学術研究

『Anthology2008』平居謙
『Lyric Jungle 究極アンソロジー2013』
『日本語の接尾辞「的」に関する歴史的研究』王 娟

友尾 真魚

過去の個人誌を見ていたのですが「もっとうまく書ける」と感じる物が多く、しかし当時の勢いも残したい気がして。

整頓するのは難しいですね。

寝息

隣に眠る人のあることが幸せだ
かれの寝息を確認してそっと寝室を出る

私は詩を書く
このパソコンは書くために買った

隣に眠る人の寝息を数えて
眠れない我が身を振り返れば
詩がそっと寄り添ってくる
寝かさないよ
私を完成させるまで
同胞《はらから》を結び終わるまで

隣に眠る人に気づかれず夜なべをする
詩を書くために
でも寝息がどうしても聞きたくなって
詩にごめんなさいを言って寝室をのぞけば

相変わらずの規則正しい寝息
この家はかれの吐く息のリズムによって整頓される

もういいかい
もういいよ

後ろ髪を引かれながら寝室を後にして
私は自分の仕事に戻る

関根 悠介

詩集『ぶひゃひゃひゃひゃ』（2009）草原詩社。その他私家版多数。

ぬま

ぬまに
しずかな
風が吹く

少年が
赤いものをぶらさげて
走る

やわらかな
みなもが
さわぐ

おなじ音を

くり返す
鳥

木々は
ぬまに
根を
手を
伸ばしている

陽は
おぼろげ

やなぎの枝に
さされる
視界

花巻 まりか
東京在住

贖罪

十二月三十一日
隅田川のほとりを
乳飲み子を寝かせに歩いていた

タワーマンションの灯りが
川面に揺れる
皆　幸せなひかりの下で暖をとっている

恨めしそうに点滅する
スカイツリー
あれに向かって謝るのが日課になった

わかっている

今年最後の呪いだ

スカイツリーは逆さになって
赤黒い血を噴き出している
見届けなければならない
お前は忘れるなと
お前だけは

ごめんなさい

ひゃくご
ひゃくろく
ひゃくなな

本望だと笑っている彼にトドメをさす

ハッピーニューイヤー！

タワーマンション群の窓が一斉にひらく
幸福のカードが宙に舞う

新しい年　また新しく
シアワセを拾い集めにいこう
拾った分だけ幸せになります
いい年にしましょうね

お前は忘れるな
お前だけは

ごめんなさい

ひゃくはち
と呟くと
恨めしそうに点滅を始める

AMALGAM 8

露古

カラスの死は

くっきりと笑う指
未明

デカいの

まっすぐ突っかかって来たのでよけた
今そんな力はない
熊か
黒いの
デカかったな
でも本当に熊だったか
しばらくしゃがんで夜を見ていた
湿った鼻につんときた
そこにいらっしゃったか、お月さんよ

月のかぐや

果てに
果てに
果てしなく果ての果てに
解いていく糸の
糸のほつれをだんだらんと地上に垂らして
ひとを忘れていく
月のかぐやは

海までは

あなたは「私たち」と言うとき少しだけ口を尖らす
あなたが木なら私はあなたを赦したでしょうに
柔らかなウロを爪で掻く

木を数えながら
海まではゆける

ふわりの春

ふわり、指が宙に浮く
まるで春のようだ
あなたの春のようだ

太田 昌孝

愛知県出身。「西脇順三郎賞」（小千谷市主催）選考委員。藤原定家の長男に娘を嫁がせ、『小倉百人一首』を編ませた宇都宮蓮生（頼綱）は母方の遠祖。何と長女は、その冷泉家に隣接する大学に在籍中。

蔓草のマリオネット

騎士像の剣に月影が降ると
触れてはならない者たちの
呼吸が聴こえる

クヌギを揺らし
街灯を掠め
ベンチに舞い降り
闇の諧調を紡ぎだす

一月の室内楽
氷の音譜が
シリウスを眠らせ
坂道の微熱に化身し
豊かに滅びる

古代の葬列に注いだ月読の涙
悲嘆の肺を濡らし
神話する時間を泳ぐ
蔓草のマリオネット

放たれた仔犬の首輪に霜が生え
遠吠えの果てる空に
咲くレグルス
その光を携え
見えぬ敵に怯える人間に伝えよ
「これは一幕の寸劇だ。」

深い静寂を彫琢するジャングルジム
鉄の葉脈は闇を這い
昼間の少女の尻の温もりと引き換えに
罪深き永劫を弄ぶ

騎士像のうなじには雪
欠片に宿る言葉を滑る漆黒の公式
かじかむ指先で虚空を撫で
果たされることがなかった約束を数える

この先にはもう行けない

豊原 清明

詩の他に俳句しています。詩集に『白い夏の死』等。好きな詩人は鈴木志郎康。
今号から、よろしくお願いします。神戸在住。

冬の手中のロールパン

今日も背中を掻きむしっていた
出現した
ジャイアンのぬいぐるみ
痒くて　痒くて
棄てようか　否か
ＵＦＯキャッチャーで
中年の母が
掬い取ったぬいぐるみ
思い出

世知辛いオートバイの爆音
救急車
スケルトン

響く街路樹の靴音ＤＡＤＡＤＡ
ジャイアン抱えて物書き
吸い口の露、きらりと光り
地下鉄の美しい駅員
じっと見つめて
過ぎ去る
眼

難聴の耳を持って
じぐざぐの道を
一人、歩き続ける

意地の悪い餓鬼大将に
従う子どもの群れのように
子等の髪は荒れている
お母さんに散髪代を出して
貰ったこともあった
不潔な児の爪垢
歯磨き粉のついたシャツ
半ズボンの冬の泣き笛
公園に子等集いて、うろうろする

尾ケ崎整

おがさき・せい。一九六七（昭和四二）年生まれ。兵庫県香美町出身・在住。
第一詩集『ミルク世紀』（故・新風舎）YouTube「恥かき人生。」

オッパイオナニー

ヒマだぁ
ヒマなのぉ？
ヒマみたい……

食う
寝る
ヤる
の、三本能に従う

食う……金がない
寝る……空費だ
ヤる……ヤろう！

せっかくだから外でやろう！
せっかくだから生まれたままの姿になろう！
せっかくだから包茎の皮を剥こう！

さて、初恋娘のケツの穴を想像して、あー、
シコシコシコ、あー、
ズリズリズリ、あー、
イクイクイク、あー、
気持ちいぃぃぃぃぃぃぃぃぃぃぃ！　あ～……。

わ～い、大地にタネをまいた
わ～い、いいことしちゃった
わ～い、ハイ、赤ちゃん

ママにほめられるわ
ママー、
ママー、
オッパーイ！

ケツの穴哀歌　第一歌

ケツの穴いろいろ
シワの数いろいろ
できものもいろいろ
色もいろいろ

ナメて
キスして
匂いを嗅いで

いやいや、
いやいや、

こらえて、
こらえて、

屁ぇ、こけ！
屁ぇ、こけ！

かんにん！
かんにん！

でもぉ～
女の子様も～
ヒクヒクヒク……って、
スケベ！

浜田 睦雄
退職後再任用で引き続き高等学校勤務。給与は激減したのに仕事が激増したのはなぜ？
一九六一年生まれ。高知県在住。「流耀の会」代表。

自分を拝む

柏手の揃う二拍目淑気満つ
一湾の抱く一島寒の入り
寒茜蹴る石ころのない小径
待春の膝代筆の問診票
春近し汀まで押す車椅子
豆一粒鬼の衣装を畳むとき
冴え返る日の診察の待ち時間
受験子の問うほほ笑みの作り方
浅春の都市ロボットに増える語彙

風少し産毛が残る燕の巣
対岸へ伸びて大樹の花は葉に
梅雨明けの再会軽くグータッチ
ブロックの戦場跨ぐ夏座敷
秋夕焼手話のサヨナラ硝子越し
顔ぶれの変わらぬ出役鰯雲
次郎柿余白に載せて置手紙
一匙の嚥下の間合い鵙高音
伊予灘は暮れ星形に剝く蜜柑
冬座敷農家の軸は耕一字
墓石に映る自分を拝む冬

岡村 知昭

くしゃみ止まらぬ

靴擦れや大鳥居まで冬木立
考えておらず裸木濡れており
裸木や歯並びのコンテスト今日
裸木に奪われており体力は
寒の雷満場一致だとしても
裸木へ鱗与えて去りにけり
晩成と思い込んでの根深汁
検索による短日の頭痛かな
踏切やくしゃみ止まらぬ年男
水洟や五目並べに負け続け

きさらぎの釘の呪いによる雷雨
行者より届く絵葉書水温む
爪楊枝刺さるカステラ春近し
あわゆきやダイダラボッチだらけの日
噛んでからゆびの塩辛だとわかる
怖くなくなる全身へ牡丹雪
耳たぶはよく乾かして卒業す
ハンストの顔いっぱいの花粉かな
うどん屋の猫の高齢山笑う
風光る図書館の遠ざかりゆく

関根DADA之悠

二〇二二年【自選俳句・川柳20句】

【俳句】10句

鼻の穴抜けて海馬を焼野かな
レタス剥く音楽のなき腋の下
泣くときにぺんぺん草を5で抓る
ペーソスは鶏にあり春の空
鯉のぼり傷あと左耳にあり
青鷺や前科三犯友と会う
ほうたるを背中に放つ手首かな
風死せり銀河と豚の衝突や
静止画もゆがむ炎暑の乳房かな
太刀魚や流星痕に悪ひそみ

【川柳】10

ガギグゲゴ車こすってゴゲギグガ
説明書つきの手錠をやすく売る
陽は東田螺は西へおりてゆく
どろぼうのこころのなかの黄色い蛾
不死鳥に舌を焼かれてサイゼリヤ
ケトプロフェンパップりっしんべんに貼る
あわ姫のためらい傷のジェンダー論
月経の颪の如くひゃーひゃーと
虎というあんゆを出汁で割ってのむ
魚屋の妻はバリスタガンスミス

パワープレイ

前田 珈乱

大気を寒気が覆い始めると、彼女の恋は力まかせになる。なにせ、黒く長い髪、黒く大きな瞳、冬になると威力は十倍だ。本人もそのあたりを自覚しているらしく、振り回すというよりは自分勝手になる。

「旅行に行きましょう」

いつの間にか僕の分まで予約している。

「チケット取ってきたの」

行き先はどうやらスキーらしい。

「今日はおごってね」

ギブアンドテイク。

空からは雪が降り、足元には雪が積もり、下手すると呼吸にまで雪が入り込むスキー場は彼女にとってもはや自分の帝国だ。明らかに目が輝いているし、いつもより動きが軽い。

「次はこのコースに行きましょう」

ゴーグルを片手で持ち上げて彼女は地図を指差した。今日は朝からゲレンデにやってきている。比較的客が少なくて滑りやすい。

「いいよ。途中でここを通るから、ひるめしをすませよう」

僕は夏生まれだが冬は嫌いでなく、南方出身でもスキーは得意だ。彼女と一緒ならなお楽しい。

「わかったわ」

地図をしまい、ゴーグルをかけなおし、彼女は先に滑り出した。僕もゴーグルをかけなおすと、後に続いた。

雪はやや弱めだ。風はほとんど吹いていない。くちびるに当たる冷気が心地よい。空気がおそろしく澄んでいるのがわかる。二人はその中を弾丸のように滑走してゆく。

やがて、休憩する予定の場所についた。彼女と僕はロッジのレストランに入るため、いったん装備を解いた。

「疲れた？」

彼女は尋ねた。

「全然」

僕は答えた。

「けど、腹は減ったな」

「見て、このパスタ。すごい美味しそう」

彼女はメニューを見て喜んだ。

「じゃ、俺もそれにしようかな。ん？」

携帯が鳴っている。僕はそれに出て二言三言かわし、

「仕事先からだ。ちょっと待ってて」

と彼女にささやいた。

「パスタどうするの？」

彼女は目を丸くして言った。

「注文しといて」

僕は席を立って人目につかないところを探した。

電話はかなり時間がかかった。切ってテーブルに引き返すとき嫌な予感がした。案の定、彼女は不機嫌そうに頬杖をついて外を見ていた。テーブルには二つのからのパスタ皿がある。

「ごめん」

僕は席について謝った。

彼女は僕の方を見た。少し無表情気味だ。

「遅かったね」

雪山の昼間は短い。外はやや暗くなり出

している。

「ところで」

僕は言った。

「俺のパスタは？」

「のびると美味しくないから食べた」

彼女は答えた。

いつもなら笑えるようなシチュエーションだけれど、運の悪いことに僕はかなりおなかがすいていた。

「もう一回注文していい？」

僕の声もやや抑揚がなくなった。

「駄目。時間が無いわ。夜まで滑る約束でしょ」

彼女は立ち上がってレジに向かった。

一人で行かせるわけにはいかない。仕方なく僕は後に続いた。

雪が強まった。風が出てきた。間もなく日暮れだろうか。二人は会話を交わさずに滑ってゆく。

彼女が急停止したのはしばらく行った時だった。そこは三叉路になっていて、どの坂にも雪は続いているように見えた。

「どうした」

僕も停止した。

彼女は地図を広げた。

「地図に道が二つしかないの」

なるほど、地図には下方に続く二つのルートが記されている。三叉路のうちのどれかがその二つなのだろう。一つは新雪によるダミーか。

風はやんでいる。雪は穏やかに上から下に降っている。

「俺はこっちだと思う」

僕は一番左の道を指した。そっちの方角に宿舎があったような気がするし、何より、その道の勾配が一番きつい。僕は今日ははやく帰りたかった。

「私、その道だけは違うと思うの」

彼女は言った。

「遠くに行くほどに暗くなってるわ。照明の無いルートなのよ」

「夜が近いせいじゃないか？」

「勾配のきつさもちょっと変よ」

「はやくたどり着くんだからいいだろ」

僕の答えに彼女はため息をついた。

「折衷案で真ん中の道行かない？」

「俺は腹が減っているんだ」

僕は言って、左の道へと滑り出した。彼女は黙ってついてきた。

彼女が正しかったことは五分も経たずに分かった。行けども行けども照明がない。あたりは闇の色に染まりだしていた。二人はヘッドライトをつけた。とにかくどこか正規の滑走路に出なければならない。しかし、完全に迷ったまま夜が来た。二人は話し合うためにいったん止まった。気温は急激に低下しつつあった。

「俺たち、遭難したかもな」

僕は寒さに震えながら言った。

「そうなん？」

彼女は皮肉たっぷりの関西言葉で答えた。

「ごめんなさい」

僕は謝った。

彼女はしばらくあたりを見回していたが、

「とりあえず、あの小屋に入りましょう」

と、遠くの影を指さした。

その小屋は五人が入れる程度の小さなものだった。

「体力を回復させましょう」

彼女は、非常食、と言ってお菓子を差し出した。

「救助を待つのか」

僕はそれをがつがつ食べながら尋ねた。

「できれば、自力で帰りたいけど」

彼女はつぶやき、そして、言いにくそうにつけ加えた。

「貴方のパスタ、食べてしまって本当にごめんなさい。こんなことになると思ってなくて」

「いや、俺が道間違えたのが悪い」

僕は謝った。

「ううん、ちゃんとお昼食べてれば、貴方もあんなに意地張らなかったと思う」

彼女は言った。

「ここからは私にまかせて」

「何か考えがあるのか」

僕は隣を見た。

彼女は再び地図を取り出した。

「さっきこの分かれ道のさらに左を行ったから、今このあたりにいるはず。ここから一番近い宿舎は」

彼女は指差した。

「ここよ」

僕は地図をのぞきこんだ。

「直線距離では確かに近いな。けど、途中にあるこの線はなんだ」

彼女は僕の目を見た。

「これね、川なのよ」

「川」

僕はうめき声をあげ、そして、僕の目を見る彼女の問いに気付いた。

「上から飛び越える気か」

「そう」

彼女は頷いた。

「スキーのジャンプを見たことがあるでしょ。あの要領よ」

「要領……」

「大丈夫、私を信じて」

彼女は真っ直ぐな目でこちらを見る。

川というのはかなり控えめな表現だった。近くまでたどり着いて分かったことは、それは断崖絶壁で落ちればまず助からないということだった。

「けど」

彼女は言った。対岸との落差はあるけれど、川幅そのものは広くない、十分に飛び越えられる、と。

ここまで来た以上、行くしかない。心の震えを必死でしずめようとする僕に彼女はある提案をした。

「貴方が先に跳んで」

「何故」

僕は問うた。

「もし、あなたが失敗して淵に落ちたら、私も淵に飛び込むわ」

彼女は真顔で言った。

「そういうわけにいかない。君が先に行け」

僕は答えた。

「私が先に跳んだら、成功したら貴方が怖気づいて失敗しそう。失敗したら貴方が新たな恋人を作りそう。だから、貴方が先」

合理的なのか何なのか良く分からない。

「分かった。先に行くよ」

僕は頷いた。

飛び越えるにはかなり助走が必要だ。僕は雪原をやや登った。準備が整うと、下の方で彼女が親指を立てた。

「グッドラック！」

僕は滑り出した。スキージャンプなんてテレビでしか見たことがない。崖がせまる。3、2、1！


宙におどりながらとにかく上へと飛ぼうとしたのは覚えている。気が付くと川はあっさり越えていた。それでもしばらく僕は飛び続け、やがて、足に何かを感じた。着地できた、と思ったのは一瞬で、僕は後ろ向きに転び、雪原を体ごと滑り出した。手と足でばたばたやって減速しようとし、やがて、雪まみれになって何とか止まった。助かったことは確かだけど、あちこち痛くて立てない。

そこにシュプールを描いて彼女が到着した。僕の横で止まると、手を伸ばして、僕を支え起こした。

「ね。言ったとおりでしょ」

彼女は笑顔でささやいた。

その頃には宿舎の人たちが大勢出てきて僕らを遠巻きにしていた。彼女と僕は並んでそちらの方に歩いて行った。こっぴどく怒られることは間違いない。


「旅行に行きましょう」

彼女は言った。

「今度は南の方よ」

「俺はもう懲りたよ」

僕は答えた。

「大丈夫。今度困ったら貴方が助けてくれそう」

彼女は笑った。

「チケット取ったわ。今日はおごってね」


（終）

OSAKA

大阪REVOLUTION

前田 渉

大阪文学学校に在籍中の四十代エンジニア。週末はジムやテニスで汗を流しつつ、読書や料理を楽しむ。行きつけの定食屋で出会った詩集に感化されて詩作を始める。現在、第一詩集を刊行すべく作品を書きためている。

わたし、ボール

空高く放り投げられ　激しく叩かれ
風を感じながら　網状の仕切りを飛び越え
向かってくる地面に反発し　再び空へ
徐々にスピードが落ち　ふわりと浮くが
今度は格子状のヒモに擦り上げられ
眩暈がするほど回転しながら
飛んで来た方向に帰った

いつまでも続く　地面が擦れる音　弾む音
巨大な生き物たちから発せられる奇声
何故こんなことが繰り返されるのか
自分の内側のゴムを震わせて嘆いてみる

黄色い産毛で覆われていた私の肌は
いつしか　すっかりボロボロに
空に浮かんでいる輝くボールに語りかける
わたしは貴方と静かに暮らしたい

「あウT！」
白線を超え　何度か地面にぶつかってから
ゆっくりと転がり　やがて静止した
固い地面の上　前を横切るアリ
仲間が次々と放り投げられるのを眺めながら
ひとり静かに　たそがれていた

だが　平和は束の間
表面に生暖かさを感じるや否や
ヒョイと持ち上げられ　再び空に投げられた

野田 ちひろ
一九五九年生。同人誌へは初参加です。
鉛筆で考える方が好きです。キーボードに悪戦苦闘しながら書いてます。

いのしし物語

ウリ坊うりんこ
雨降る林で迷子になった
母さんイノシシ兄さんイノシシ
走れ走れ水しぶき
白い空　のっぽの木々のてっぺんから
ピトンポトンパラパラ冷やっこ
雨粒葉っぱのいい匂い
トコトコフニフニ
雨の林の迷子のウリ坊

＊＊＊

あなたの干支は？
猪です　あらっ
あなたにピッタリ猪突猛進
血液型に干支占い
猪／十二　掛ける人人人の数えきれない
だからかな
ぶつかっても謝りもせず
何をか目指して
走れ走れ

さて
原稿用紙に迷子の言葉
探しあぐねて行ったり来たり
物語書く私の干支は　いのしし
　なのになあ・・・

藤原 功一

１９４９年生まれ。大阪府羽曳野市在住。大阪文学学校・関西詩人協会。

羽曳野丘陵と古墳群を徘徊しています。６年前から２０歳前後に好きだった詩をはじめました。頭の柔軟性と耐久性が消失し、試行錯誤の日々です。

放擲

置き去りにされた
昏い殺意が居酒屋の隅で
酒をすすっている
口元に垂れる微かな呟き

もつれた足音は
コツコツと刺さる苦い音
路地裏の行き止りで
うずくまっている

切り取られた部屋に
独り言が埃になって
澱のように溜まっている
もうだれも開けない扉

薄い布団に敷かれた夢は
夜ごと黒い嘴に啄まれ

背後でひっそりと
揺らめいている青い鬼火

河上政也

スーパーの値引き品を手に取り買おうか買うまいか迷っています。

空っぽの鍋底

お腹がすいたとき
今夜なにを食べようかと考えると
もらいそびれた大根のことを思い出す

訪問先で婦人から
大根持って行かない？
との言葉をいただいたときに
料理はするの？
と尋ねられて
そんなにたいしたことはできません
と正直に答えてしまった
たいしたことはできないというのは

切って煮るくらいしかできないので
洒落た料理はつくれない
という意味で言ったのだが
婦人から見たぼくは
料理をすること自体が
たいそうなことなのだろうと
受け止めたに違いない
婦人が畑で作ったという大根を
再度ぼくに勧めてくれることはなかった

お腹がすいたとき
店で売られているものよりも
ちょっと小ぶりの大根を
切って鍋に入れて煮る過程を想像すると
空っぽの鍋底が
コトコトと震える

畑 章夫

一九五三年生まれ。この七十年、暮らしの変化に驚きます。
これから何処へ行くのでしょう。そんなことが頭をよぎります。

朝の呪文

洗面所の鏡に
写る顔

頭
目
口
昨日のことが
胸
お腹に
落ちて
重くなる

蛇口をひねって
顔を洗う

ぷるぷると
あたまを降って
鏡に向かって

大きく口をあけて
ゆっくりと
アホチャイマンネンパーデンネン

顔がゆるんで
おかしくなって
笑って
始まる
一日

高田 文月

詩集、同人誌その他／『不意の時刻』（松本工房）、『詩写真（仮）』（写真・大木一範、私家製）／詩誌「寓」、「黒鶫」、「おろろっじょ」、「アイアイ」、現在の所属「ドードー」／大阪文学学校詩クラスチューター

三回忌、鳥辺山

お母ちゃんの三回忌やけど、法要はせんとことおもうねん。そういうてさえこちゃんから連絡があったわ。さえこちゃんはお寺さんへ連絡するのを先延ばししてとうとうギリギリになってから断りの連絡を入れたんやて。そしたらお寺さんはあっさり承知してくれはったとホッとしてたで。コロナのせいにして三回忌をとりやめる。ほんまにコロナが怖いらしいけどな。さえこちゃんはわたしら姉妹が会うのも嫌なんや。コロナが着いてくると思ってるねんわ。一歩も外出してないいて。市民病院の定期検査と近くのクリニックに薬もらいに行くときだけやて。買い物は生協の配達で全部すましているらしいし。家にお寺さんがお参りに来はるとなると、準備も気つかうしくたびれてしまうからさえこちゃんは一人でえらい負担を感じてるねんよ。お母ちゃん、そんなんやから三回忌お仏壇でさえこちゃん一人に拝んでもらっといてな。

お母ちゃん、きょうが、三回忌の命日の朝というときになって、お天気悪いけど思い立ってわたし一人で出てきました、しょうこ姉ちゃんも誘わんと。さえこちゃんにも何も言わんと勝手に動きました。京都のお寺に分骨させてもらってたから気軽にお参りにだけは来れますからね。途中の電車から二人の姉

ちゃんたちには携帯メールでしらせときました。二人とも寒い日やけど気つけて行ってきてな、と喜んでくれてたよ。どうせ三人姉妹だけで法要するところやったんやから、その代表という気持ちです。一周忌のときはまだコロナの始まるすぐ前やったから、あれが最後に姉妹そろって顔合わせたのやったね。もう一年たちました。きょうは雨で寒いし、お参りの人はほとんどいてません。このコインロッカーみたいな納骨堂は迷子になるわ。エレベーターで上に行くのかと思ったら、下らなあかん。もう一回、正面の入り口にもどって、表示のとおりに番号の場所をさがしてやり直しました。何度か来たけど一人ではややこしくて迷います。受付でお決まりの花を買って、お参りしてる間だけ花立に差して、ほんの数分ほど拝んだら、お花もお線香も片づけます。あっさりあいそなしなお参りでゴメンやで。これで最低限の決まりはついた気がするので後はまた一人ブラブラ帰ります。

清水さんへの参道という標識が前から気になってたので、帰りは矢印に沿って清水さんへの道を廻ってみることにしたわ。だれか連れが一緒やと歩くのはなかなか誘われへん。雨のなかやけどちょうどええかな、と人気のない墓地の道を歩いて行ったわ。広大な墓地が広がっているのは裾のほうからちょっと覗いてもわかるし、彼岸や盆の頃になるとテレビのニュースでは必ずみる風景やから、まあ予想はしてました。それが思うている以上の広がりで起伏があって、谷いちめん墓石に埋められている。どこまで続くのかという果ての無さ。めったに着ることない黒い重たいレインコートはおって、黒い傘差して、墓場を行きます。最後の花を売っている石屋の店の奥に男の人が居るのを目にしてから、もうあとは人気も何も生きて動くものの気配はありません。どれほど歩いたかわからんけど、もうずいぶんになるわ。上の方から自分の歩く姿を見ている気持ちになってきた。もうあの世やな。

菅野 美智子

二〇二二年四月より大阪文学学校チューター。詩作の経験は乏しいのですが、ごくたまに（わたしの場合は音楽を聴いた後に）何かが降りてくるときがあり、メモしておいた中のひとつを推敲しました。

無垢の翼を失うとき

純真な子どもが泣くようには
わたしたちはもう泣けない
今の今まで遊びに興じていたのに
野の真ん中に立って
何のまえぶれもなく堰を切るように泣き
何が悲しいのかもわからずに
陽を浴びてただ泣いている子らのようには

疲れも知らず
飛ぶように野を駆けるあの子どもたちにもいつか
重荷を背負う日が来ることだろう
荷物を載せる背負子の兆しが
すでに背中にうっすらと現れていて

日ごと薄れゆく蒙古斑の青と入れ替わるように
その濃さを増して次第に浮かび上がってくる灰色の影
その予兆にまだ気づいていないが
それだからこそかれらは透きとおった顔で
むしろ明るく泣くことができる

あの世とこの世の区別すら知らず
時間の有限すら自在に超えてしまえるかれらが踊る
感傷的なサラバンド
肩に食い込む重荷をすでに背負っているわたしたち
涙の味を知りすぎてしまったわたしたちは
ふんわり顔を撫でる微風に
泣いていたことも忘れてしまったかのように
淡い虹のかかった頬を寄せ合って戯れるかれらの輪に
無邪気に加わることはもうできない

澱んだ悲哀の苦さとすっかり馴染みになってしまったわたしたちは
遠い日のあのサラバンドを懐かしむ
成熟しても無心に帰る道を知っている魂だけが
ときにかれらの泣き方を思いだし
ふたたび軽やかに人生のステップを踏むことができるのかもしれない

よこむつみ

1978年生。珈琲、写真、物書き、地方の歴史や生活史が好物です。仕事の反動で時々ふらりと放浪をしていますが、帰れる場所があるので、安心して出かけています。この「夜が明けたら」は本誌への最初の作品。

チークタイムは汗だくで
飾られた
カラニシコフ、ぎらぎら
なめっぽいような裏腹に
やる気のあるよでないよな、男女
……の、脚どり
褐色の顔、刻む深い皺の影
年齢不詳は歴史の証し

脂のすえたにおい
踏まれた葉巻の赤黒い広がりは
まるで鬼面のよう
魂のように抜け出ている
鬱屈した灰色の煙
琥珀のスラー・ソウ
くらくらしながら、舐めてみた

瞳孔は異様に深く、きらめいて
未来は、盲目的に

「夜が明けたら」

突き抜けるような群青が呼び
機関銃を空に向ける
プノンペン、ビルの片隅

KYOTO

京都 GREEN POEMS

まるらおこ

２０２２年１０月に第2詩集「予鈴」を上梓しました。
私の作品は「乾いている」とよく言われます。スルメ系詩人をめざそうかと思います。

凧の木

天高くに
凧が上がっている
文字が一つ
墨で書かれている
それは
わたしの名の一部
この文字に引っ張られて
生きてきた

これからもそう

いや本当は
そう思えるようになったのは
ついさっきから

ところで
凧を上げているのは誰だろう

冒険をして　やっと
糸の端までたどり着いた

枯れ木にくくりつけてあった

よく落ちもせずに
上がり続けたなあ

ではこの糸の端は
いつ誰がくくりつけたのだろう
（防犯カメラをチェックしてみる）

はい
飴あげる

きみにも

きみにも

きみにも

きみにも

明日のわたしの分も
あげちゃう

なんでまだ怒ってるの？

澳羽ねる

若手詩人
現在詩集の制作に向けて取り組んでいる。

当分暴力

何事も
甘すぎないほうがいい
飴があるなら
鞭が必要なんだって
無知なわたしには
鞭がわかんないけど
明日は
飴食べるのやめるね

なんでそんな
怒ってるのか
わかんないや
無知だからわたし
糖分足りてないからだよね
だから

前田珈乱

まえだ・からん。珈琲が好き。中国哲学が専門です。『Ｌｙｒｉｃ　Ｊｕｎｇｌｅ』同人。詩集『風おどる』。第二詩集『氷点より深く』を上梓しました。公式サイト『珈琲魔術』遊びに来てください。「珈琲魔術」で検索するとトップに出てきます。

インタールード

いつもの放課後、帰り道、

「塩加減は?」

聞いてくる焼鳥屋のおじさんに、

「超きつめで」

答えて二人で買ったネギマを両手でもぐもぐ、
制服のままコンクリートの土手に寄りかかって言葉を交わす。

「天籟って知ってる?」

夕日を浴びながら彼女は僕に串の先を向ける。

「『荘子』っていう本に出てくるの。斉物論っていう章の最初よ」

「ヘブンズフルート、みたいな意味?」

僕は尋ねる。

「良い訳。天国の笛ね」

彼女は空の串を指でくるくる回す。

「人間はみなその天国に吹かれる笛の音に過ぎないのよ。百歩譲ってもその旋律に合わせて踊らされる人形ね」

僕と夕日の間でネギマの串がプロペラのように回っている。

「強力な制約だね」

僕は言う。

「それを逆手に取るの」

彼女は串を構えて投げた。ダーツみたいだ。串は見事に土手の排水管を貫通して、どこかでぎゃあと悲鳴が起こった。

「天に意思は無いわ。何も無いわ。私を踊らせられるのは天だけ。何も無いことだけが私を踊らせられるのよ」

彼女は新たなネギマをくわえながら笑った。

「最強じゃない？」

いつもの放課後、ネギマの塩は良い加減、隣のクラスメートは最強、夕日に照らされて帰り道をくだってゆく。

Oliveの樹

(1)

双頭の樹が別々に生きぬこうとしている
かつては共に雲を衝きぬけようとしていたではないか
相反する方向に向いてしまったのは
けして大雪のせいばかりではない
気づいた女主人は慌てて
隣家のご亭主に頼んだ
別々の方向を向いた双頭の樹をロープで結えてちょうだいな
同じ方向に向かせてほしいのよ
天を目指すようにね

今なお積雪の残る景色を余所に
女主人はほくそ笑んでいる
軽く腕組みして遠くを見遣りながら

ドラマはまだ序章が始まったばかりだ

(2)

Oliveの樹は片手で抱きかかえられるくらい小さな鉢だった
或る日　居たたまれなくなった女主人が町に降りたとき
馴染みの店から最後の一鉢を譲り受けてきた
店主はほどなく店を畳んだ

季節外れのOliveの樹は
彼女の涙が夜毎一雫とろり
滴ると難なく育っていった
ひと回り大きくなった頃を見計らっては
ひと回り大きな鉢に植え替えてやったりした
そんなことを何度か繰り返した

思惑とは裏腹に
てっぺんが双頭の鷲のように二つに分かれて
ぐんぐん伸びるようになった

その噂はもはや店主のいない遠い町にも届いた
そして彼女の瞳から滲み出る涙はかすかに甘く
それはそれは美しい乳白色をしていることも

(3)

彼女には原因がうすうす分かっていた
Oliveの樹がなぜ双頭の樹として育ってしまったのか—

ため息はいつしか鼻唄に変わっていた
かつての店主の忠告なぞ
疾うの昔に忘れて—
女主人はそんな女だった

Oliveの樹は双頭の樹として
あらゆる過去を覆い隠すほど深く大きく茂り
やがて雲を衝きぬけ天に達するのだった
彼女の乳白色のかすかに甘い涙を糧にして

マダムきゃりこ

1951年生。京都市在住。NHKカルチャー平居クラス在籍。詩集『Rendez - vous（ランデ・ヴー）』（2021年・人間社×草原詩社）。ステイシー・ケントのエレガント＆キュートな歌声は憧れ。夢はJAZZvocalデビュー。

COVID-19エポックにおける三つの弔いの一考察

今は昔…

近親者のみのちいさなお葬式
そのひとは何か後ろめたいことがあると決まって
場末のお好み焼き屋
煙たくて狭い鰻屋
渋くて粋な蕎麦屋
アドバルーンゆれるデパートメント・ストアの屋上に
小さなわたくしを連れてゆきました
讃美歌も五木ひろしの演歌も最期まで愛していました

一国の主《あるじ》
おきゃんな女王様のお葬式
トランプの絵札みたく何から何までお伽話のよう
国民から愛され家族から愛され
棺の上には白百合ではなく庭園の草花があふれていました
運命のSr. 悪戯にはウィンクして
時代の波をあははと乗り越えました

「裸の王様」のお葬式ごっこ
デンマルク国のハンズ・クリスチャン・アンダーソンを筆頭に
エスパーニャ国のルカノール伯爵やイカサマ機織り師たち
そうそう　ご多分に漏れずムーアの馬丁も招かれたということです
こどもたちはひとりとして参加しませんでした
だって集められた大人たちがみな喪服ではなく裸を纏っているのを知っていたからです
不思議なことにだれひとり風邪も引かずウイルス・クラスターも起きなかったそうです
このニュースもいち早く世界中を駆けめぐりました

わたくしの眼には世界のここかしこに市井の人の葬列が見えます　…to be continued.

さざなみ

詩にあこがれてＮＨＫ講座に入門。
八木重吉が好き。現在詩集準備中。

ゆずの花

青葉風がわたると
はらりと白い花びらいちまい
　　　　　落ちてきた
ぶきっちょな　おっさんみたいな葉のかげに
かくれるように
守られるように
ひっそりと咲く白い小さな五弁の花
目立たないけれど
やさしい静かな星型の花
あげは蝶がよくたずねてくる花
みかんの花ほど濃厚ではないけれど
甘く清々しい匂いのする花

この花が好きです

埋み火

ぼおーっとここらへんに
あかりがともってるのやわ

おさえると手のひらが
なんとのうぬくとうなるような

もえさかりもせず
消えもせず

火ばちの中の埋み火
みたいに
ふーんわりとあったかいねん

もと火をくれはった人は今ごろ
十万億土のどの辺を
旅してはるのやろ

あの18の時に一回でええから
　「好きです」というといたら
　　よかったなあ

さあ涼ちゃん

ゆきやなぎがしなやかに手をさしのべて
「春だよ」とささやきました
小さな小さな明かりをいっぱいつけて

れんぎょうがおれもとまねして
すこしひやけした手をさしのべました
黄色のランタンに明かりをともして
「春だよ」「春だよ」

ふっくらしたいぬのふぐりが
青いワンピースを恥ずかしそうに
風にゆらせています

となりですましているのは
なずなの白いワンピース
背くらべしているのはつくしんぼう
春だよー
さあ涼ちゃん
みんなの広場へ行って
ブランコにのるけいこをしましょう
にほんの足を空に向かってつき出して
帰る時は雲をつかんでくるんだょ

春の風と一緒に
さあ　けいこをしましょう

わたしは

青い青い青い空
あの青がとろーりと
　おちてきたならば
わたしはりんどうになろう

K

約50年ぶり、いなかに舞い戻り、夕日の美しい10アールの畑を耕しながら
自然と隣り合わせの生活を営んでおります。武器は四駆の軽トラと管理機です。

星の帰り道

孤独背負って一すじの光残して落ちていく

こんにちわ
庭の中央の石塔の上に座らされて
戸惑いがちにそれでもじっと前を見つめていた

まるで異邦人のように
身の置き場もなく
主張すべきものももたず
教室の片隅に無口なその子はいた

ＹＥＳでもＮＯでもありませんと

立場をあいまいにしつつ
迷い迷って少数者に寄せる思いを少しずつ積み上げていた

視界を大きく広げていけばいくほどに
多くのことと抗うことになることも知らねばならなかった
時々は首をすくめながら
死んだふりしてでも生き抜いてやると腹をくくっていた

青春の思い貫いて
すがすがしい大気をかすかに吸い込んで
幾千万の星くずの夜空を流星がゆく
帰り道がないから身をまかして流れ落ちていくのですね

大畑 眞壽美

二〇二一年度「京都力講座」で詩を学び始める。そこで生まれて最初の詩を書いた。

それ以前より図書館に通い詰めて読書三昧の日々を送る。note に読書日記を、月刊新次元に詩集感想をそれぞれ投稿している。

好きな詩人は宮澤賢治。最近もっとも驚いた詩集は最果タヒ『死んでしまう系のぼくらに』。座右の銘は「無理をしないで楽しむ」

例えば花

例えば花
一月山茶花二月梅三月桜
静かに咲いている
誰かの庭や公園

例えば月
夜空に浮かぶ月
いつも姿は変わるけど
ドキッとするほど美しい光
投げかける

私がなんにもしなくてもある

例えば詩
ずっと前からあったんだ
ずっと前から誰かが詠っている
今も

詩、詩人、詩集
あるって知っていたけど見ていなかった

なんという無関心

花や月や詩がある世界
もっともっと楽しんでいい

望月宝

好きな詩人はW・B・イェイツ、萩原朔太郎、大手拓次です。
大学で英語を教えています。

人生の始まり

あの当時、
履きにくい靴下があった。
肌に引っかかり、なかなか
かかとが入らない。

その靴下を履く日は、いやだった。

テレビで、
ちびっこ早着がえ競争を、毎週やっていた。
「ぼくが出るときには、あの靴下は
持って行かないでね。」

人生は、こうして始まった。

ある少年の詩

学校からの帰り道に
駅のバス停で
西の空を見た。
真っ赤な夕焼けで、
学校の方が真っ赤な夕焼けで、
びっくりした。
宇宙から
ペンキを流したみたいだ。

ある少年の心

「おれのこころはただれている・・・
もしこのまま死んだら、地獄に落ちるだろうな・・」
とよく思っていた。

森の中を歩く

歩き難い森の道を行く。
前を向き、目をつり上げ。

木々の向こうに、横の右側の小路には、
楽し気な男女の四、五人が歩いている。
自分には到底近づけない、普通に幸せな連中。

森の道は、しばらく先で向こうの道と交わった。
四、五人のうちの一人の彼女が、
今は独りになって、私と出会う。

彼女は私を見て、はにかむ様な硬い表情で、私に
薄い会釈をする。彼女を見る私の目は、あくまで虚
ろである。
これまで歩き難い道を来た私が、今さら彼女と歩け
るものか。

本当は笑いながら一緒に行きたいのに、
決して、私がその一部とはなり得ない世界の人なので、

一人頑なに、歩き続ける。
目をつり上げ、前を向き、
森の中を、歩き難く行く。

南野すみれ

十数年振りに足を踏み入れた詩の世界は、深く、豊かで、温かな海のように包んでくれます。

いつか自在に泳ぎ回れたらと思っています。

斧

ざっくりと
切り取られて

滴る血が
地までとどかず
ぶら下がっている

ふたつを
縫い合わせても
糸目は
醜く
残るのだろう

2023.1.13

道

一日花の残がいを
踏みつけないよう　歩く
木の実がころがる
鋭く
――声

細く　遠い　坂道を
風と歩く
風だけがそばにいる
なびく髪が頬にふれ
鳥がななめに飛んでゆく

2022.12.29

平居謙
平成詩史論（仮）

2023年秋　発売
土曜美術社出版販売

平成期にデビューした新しい詩人に的を絞った
書き下ろし評論を中心とした最新詩史。

平成を通して活動した詩人には三層が存在する。ひとつは谷川俊太郎や高良留美子、吉増剛造、白石かずこ、鈴木志郎康、新川和江、荒川洋治など昭和期にすでに名前知られ広く活躍していた詩人たちの層である。平成終幕近くに没した長田弘、大岡信などもそれに準ずる詩人だと言える。次に、平成に入る直前、あるいはもう少し広げて一九八〇年前後に詩集を出した、ねじめ正一・中村不二夫・銀色夏生・小川英晴・鈴木比佐雄・伊藤比呂美・雨宮慶子・萩原健次郎・福田知子・野村喜和夫・城戸朱里・川口晴美ら平成開始時点での〈若手詩人〉の層がある。そして彼らの直後に現れた、平成になってに第一詩集を出した詩人たち―本書では彼らを平成デビュー詩人と呼ぶことにする―がいる。そして筆者がもっとも興味を惹かれるのは第三の層の詩人たちである。（本書「緒言」より）

平成の詩の**謎**が解かれる

平成デビュー詩人の**特質**が明らかになる。

FLYING DOG PRESS

平居謙小詩集

未来の犬

星空

母の様子を見に実家に帰る
夜遅くなるので泊まってゆく
寒さにかこつけて銭湯に行く

銭湯には大抵1人か2人
刺青の人がいる
今日も1人いた
上は七分袖のところぐらい
腕から背中まで
下はちょうど短パンの辺り
までお尻から太ももほぼ全面に
刺青の人は
丁寧に背中を洗っていた

指先まで床に
ぺったんこに座って
足の爪も洗っている
座り込むとタイルに付いた
性病がうつりますよ
と言いそうになる

刺青の方をちらちら見ながら
お前何見てるんやと言われた時の対応を考える
がそんなことは一切起こらず淡々と湯気は立ち上り続ける

透き通ったような星空
になっている
何十年ぶりかのどか雪
が降った後とは思えない
ぷちコート
ぎゅっと縛っているので
寒さは感じない

家に帰ると

母親はもう干からびたように眠っている
もち米とうるち米
適当に混ぜた
どう炊き上がるか分からないスイッチを押してから
凍てついた自室に戻って
漫画大王を
げらげら笑いながら読んだ

秋の帽子

秋の帽子を買ってくれろと言うから秋の帽子を探しているうちにもう秋になっちゃった。「こんなに素敵な帽子をお風呂にかぶって行っちゃあおかしいね」と言ったら「お風呂しか出掛けるところがないもん」と言う。毎週月曜日と木曜日にデイサービスの風呂に母は入る。

連禱

——記念礼拝の日に

まさにそいつの顔をまじまじと見た事がある
か眼窩の奥に老人の着ぐるみを纏った世にも
醜いぶるぶると怯える腐肉驚くべきことに神
父と呼ばれるそいつは聖堂の中心に立ち乳と
狐と性隷の茄によって聖なる妃面解体を堪
能せし後に記念礼拝の会衆一同に対し甘い
汁を強要する恥知らずのお前、亡ぶべくは貧
しき心よ齧歯類神父、我ら二〇余世紀にわ
たり今も連禱する汝が消滅、残されし地の
美しき浄昇よ

アーメン

かなしい声

夜道を歩いていた
通りに面した家の２階の窓が開いて
震える声が降りて来た

閉じ込められているので
助けてくださいと老婆らしき暗がりが言う

驚いて表札を見ると
老人施設だった
念のため呼び鈴を鳴らす
臙脂色のスタッフが出て来たので
事情を話し立ち去る

＊

お屋敷通りに出る

きっと犬の声だった
そんな思いがふっと浮かんだ

歴史の中でずっと首輪をつけられ
鎖につながれている犬たちの声

拉致のことを思う

松の木の３本生えた屋敷の
門扉の取手を握って
左に回した

番犬が吠えている

君の恥骨

君の膵臓が食べたいと言う小説があったな
僕は読まなかった

僕が欲しいのは君の恥骨

いっぱい頑張って骨になった
君の中でも一番頑張った
一番の、Ｖ

時代

世界の果てまで追いかけていって
虹を渡ろうとした民族の話をかつて聞いた

くるしい心や辛い生活があればあるほど
架け橋への期待度は大きくなるというけど
ほんとうかな

虹なんてすぐに消えるから
いくらでも作り出せる

＊

息を深く吸い込んで
冷たい空気の中に大きく吐くと
美しい虹ができる

未来のいぬ

未来も犬は
いるのかな！？

干からびた化石になるために
るるは今、
かりかりした星蝦たちを食んでいる

そりゃいるさ
古代の犬のなれの果て

柱時計を見ると
突然時間が
萌えている

そのあとるるは
いつもとおり
ベランダから
地階へと
ジャンプするのだ

僕ももちろん
ジャンプするのだ

羊の内部に関する考察

あしたは楽しい日曜日
おれは誰かが殺した羊の肉を
みんなと一緒に食うだろう

もくもくと煙る空気の中で
羊の内部に関する考察を
決してしないだろう

その午後雨が降るだろう
そしてもう蘇ることのない深所まで降りて行き
炭の火を最後の最後まで消し切るのだ

暗い西大寺

近鉄電車に乗ってゆく
いつもの方向と反対側、
西大寺方向へと乗り継いでゆく

畑が見え始め夕日が差す
まだ午後3時半なのに車両全体が橙色に染まる

安倍が死ぬ
もうすぐ死ぬるだろう
その場所をこの目で見たら
ほんとうに安倍は死ぬるのである

嫌な気持ちがする
森友学園の前を通ったときとそれは似ている

新型コロナにも掛かってないのに突然
咳が酷く出る
ふわふわのセーターの
女の子が隣にぎゅうと割り込んできて
芳香剤のいい香りがする

情けないような田舎の風景が広がっていて
もうすぐ間抜な電車が
暗い西大寺へと到着する

Lyric Jungle 30 号 編集後記

◆ 30 号をお届けする。2001 年創刊。23 年間で 30 号だから、かなりのんびりペースだ。途中でいくつもの後発詩誌に号数が抜かれていったが、他と比べないことが詩だ。忘れ給へ。それに号数だけ多いばか詩誌と一緒にしてほしくない。◆特別に 30 号記念などはやらなかった。しかし新型コロナ明け記念というわけでもないが、〈Lyric Festa 2022〉でちょっとした賞を出した。詳しくは本文を参照されたい。◆甘楽順治に特別寄稿を願った。彼を真似て、それぞれの詩史を振り返るときっと発見があるだろう。◆今号からニューフェースが増えた。旧知の詩人、新しい出会い、超絶若手。様々だが、歓迎されたい。また従来メンバー各位は一層の奮起を。新加入の人たちの詩のほうが断然いいや、と言われたら、僕も困っちゃうね。(´ 艸 `) ◆投稿らん〈ぷちりり〉をひさしぶりに復活させた。若いエネルギーに触れることで各自の詩が爆発すること必至。くれぐれも〈よく分かんないねー〉で済ませるなかれ、だ。◆次号 31 号にも期待セヨ。

責任編集　平居　謙

Lyric Jungle 30

責任編集　平居　謙

編集部　611 - 0042 京都府宇治市小倉町 110 - 52

発行所　株式会社　人間社

464 - 0850 名古屋市千種区今池 1 - 16 - 13

電話　052 (731) 2121　FAX　052 (731) 2122

［人間社営業部／受注センター］

468 - 0052 名古屋市天白区井口 1 - 1504 - 102

電話　052 (801) 3144　FAX　052 (801) 3148

郵便振替 00820 - 4 - 5545

表紙デザイン　K's Express

表紙原画　青木一哉

本文イラスト　矢魔ゐ熱死

印刷　株式会社 北斗プリント社

ISBN　978-4-908627-95-8

発行日　2023 年 5 月 31 日

＊定価はカバーに表示してあります。

＊乱丁本・落丁本は送料小社負担でお取り替えいたします。